滄海叢刊

我永遠年輕

唐文標 著

1980

東大圖書公司印行

中華民國六十九年十月初版

©我永遠年輕

基本定價 貳元肆角肆分

行政院新聞局登記證局版臺業字第〇一九七號

著作者 唐文標
發行人 莊剛彰
出版者 東大圖書有限公司
總經銷 三民書局股份有限公司
印刷所 東大圖書有限公司
臺北市重慶南路一段六十一號二樓
郵政劃撥一〇七一七五號

我時常令自己捱着飢餓
使我有牙齒去咀嚼更多的
苦難
和
愛

我永遠年輕　目次

來！談電影去！

嘿！藝術嗎？

代序：愈是黑暗，愈接近光明！

狄更斯曾經在『雙城記』寫過類似的話：

這是黑暗的時代，也是光明的時代

這是愚蠢的時代，也是智慧的時代

這是絶望的冬天，也是希望的春天……

確實！時代是大時代，內面醞釀着偉大的因素，醞釀着一切轉成「大有爲」的條件，對中國人來說，挑戰每一日都來臨，我們不必爲某一「橫逆」而驚惶而失色，而認爲這已是紅燈的斷路，我們更應窮千里目上一層樓，我們向前看，看這世界正成長着新的正義，新的勇氣，我們決然要走向一個更公道更自由的社會。沒有人能反抗這個潮流，美國人也不能！

在中國歷史上，蠻橫的外地民族曾不斷的入侵，想要搶奪兩河的平原，搶奪中原廣大的文化區，但我們百屈不撓，一次又一次的站起來！歷史使我們了解到：只有團結一致才能建立一個長久的、發展的、合乎所有人福利的文明。中國一直向這路走，沒有人能阻擋這種決心，美國人也不能！

就以臺灣史來論，荷蘭人、西班牙人、日本人……甚至美國人也想在十九世紀到臺灣這個寶島來殖民，要建立爲他們國家產糧的屬地，但我們不懼，我們堅苦奮鬬，三百年來終要把它建立成一個豐裕的地區，受到世人的敬仰和學習。我們民族戰勝了，在這塊土地要生活下去和發揚我們的文明。沒有人能使我們放棄我們的土地，美國人也不能！

在今日仍是帝國主義的時代，國際間充滿了你詐我欺的惡習。他們秉承上一世紀的遺風，仍想努力擴充地盤，作爲他們民族生長的資養地。今日的地球上，主要仍是幾個強盜在爭權奪利，向世界到處滲透和侵佔，目前，美國正因在中東失利，而作各種可能是短視的措施，我們要重視這種複雜的歷史。處在這個時代，一定要了解「活的歷史，生的挑戰」這種時代的意義。我們要面對着這個世界，緊密的團結，大力的奮鬬，沒有人能阻礙我們的前途，美國人也不能！

曾經有英國「政治家」說過，「大英帝國沒有永久的和平，沒有永久的敵對，沒有永久的條約，只有大英帝國的利益。」我們對世界的看法也常如此。多年來，有人迷信外國的理論、口號，甚至一些他們的措施，現在，我們要清醒一下了，法國人曾在巴黎反對君主暴政，建立「民主、自由、博愛」的政體，在國境內也施行了相當的平等政策，但他們在中國有租界！有特權！

誰也想不到就這同一個法國，這個崇尚自由的民族所幹的。美國境內也高唱自由、博愛，但美國政府在世界各地的所行所爲，早已受盡世人詬罵，這也是爲什麼許多地區叫出 Yankees Go Home「楊基佬（美國東北區人特稱，現泛指一般美國人。）回家去！」的理由醜陋的美國人。多年來，有些美國留學生爲美國辯護，說美國從沒有侵略過中國什麼什麼的，可是美國軍隊不是八國聯軍裏的一軍嗎？美國不是享受盡「五口通商」以後的特權嗎？美國的「門戶開放」不是强調他要在中國佔有一切不平等條約的特利嗎？庚子賠款不也有美國人一份嗎？（眞可笑，有人以爲他們用賠款錢來弄一個清華，便是德政！且不說他們爲美國利益培植一個「代言人」來飼養這些回中國賣美國野人頭的留學生，爲什麼美國不拒收這類不義之財？爲什麼中國人的錢要由美國人處理和保管？眞是天大的笑話！）今日，我們更應體會：我們的事由我們自已人來主持，我們自已來奮發圖强，用自已的力量創造更完善的未來，沒有人能代替我們來建設我們的家國的，美國也不能！

今日，是黑暗的時代，更是光明的日子。我們有這個信心。自然，我們也知道，世界上以平等待我之民族多得很，我們應和他們多團結在一起，共同奮鬪。幾世紀來，這些在非洲、在拉丁美洲、在亞洲、在大洋洲、在世界各地的國家受盡帝國主義的欺凌，他們的國家、人民、財產、資源，都受到各式各樣帝國主義的主宰，他們的歷史情境跟我們相同，我們一定要好好地和他們緊密地聯結在一起。爲世界的公平和正義，爲世界的永久和平，國際間的兄弟友邦，聯結在一起，共同奮鬥！

沒有人能阻擋我們建立新中國的雄心，美國人也不能！

公元四一〇年，羅馬被日耳曼蠻族的威齊哥特人（Visigoths）所攻陷，並洗刼，那些西歐的新主人，日耳曼人啦，條頓民族啦，盎格魯·撒克遜人啦，他們不知文化爲何物，他們任意地摧殘西羅馬的文化。可是，在西羅馬的許多學者們，他們把不少文物帶到東羅馬的君士坦丁堡去，他們保存了許多當時的希臘、拉丁的文物和藝術，歷史上正是形成後日文藝復興的先鋒！

我們有這個信心。

愈是黑暗，愈漸近光明，只要有一双大力的手，把天幕揭開，那又是開始！新一天的開始！

我永遠年輕

我永遠年輕

——讀紀德筆記

（甲）二封信

一九四六年，第二次世界大戰剛結束不久，紀德和一個不認識的青年朋友通了一封信。那時，紀德已經七十多歲了；這兩封交換的信，他記入同年二月二十四日的日記上，我們可以相信，這封信不單表現了一段相距五十多年的友誼，和一個年老了的作家對後輩無盡的期望，也竟代表了紀德一生的態度，借用他自己愛說的一句話：「我永遠年輕」，好像「年輕」便相等於希望，希望自由，希望平等，希望愛，烈士暮年，壯心不已，我用這篇介紹來誌念紀德誕生一百週年吧。

1. 給紀德的信

也納・恩眞摯

五年來我一直想寫一封信給你。那時，我發掘了你的「地糧」，我剛十七歲。我不能告訴你，它怎樣擾惑我。從此，我再也不像以前的我了。我想對你說，我對你的尊敬和仰慕，千百封這樣的信已寄達到你的手中，這却不是我要寫信的全部內容。

五年來，我一直跟你掙扎。你的「美那爾克」（按：「地糧」書中人物，他追求理想。）很會說：「離開我。」那太容易了。你在我身上枷鎖着一個精神暴君，我終日和牠爭鬬。我愛你，你的書中許多話語支持了我在集中營的生活。因爲你的緣故，我找到了力量，我可以放棄中產階層的生活，物質的享受，來跟從你。我尋找理想，「不像愛情那麼多佔有性的」那一種。我純淨我自己一切，來求新的規律，我解放了我自己。但這一切還不太够。「爲什麼要自由」？這是一個最駭怕人的問題——最後，我只好離開了你。然而，我並不曾找到新的「主人」，我仍在震慄當中。沙特派和嘉繆派恐怖和荒謬的論調，解決不了問題，只能打開一個自殺的大門而已。

我仍生活在你教誨我的質量之中，但我渴極了，所有青年人都如我一樣的饑渴。你是能做出一些事來的。同時，我亦知道，人是孤獨的，永遠永遠的孤獨。

我並不希望你能對我的小問題，提出了一個簡單透明的答案。一個包羅萬有的綜合答案，那是太容易了。每個人應找出自已的路，不一定跟別人走同樣的路。但是，你的一絲閃光或者會指出應走的方向，如果這個世界確掌有一個方向的話。

呵！我的尊師（M'AÎTRE）！只要你知道年輕一代的混亂！我不想再躭誤你的時間了，我不會說出我想說的一切，太多的東西要說了。

這是一個我向你的呼籲，原諒我的困難處境，我知道你不喜歡同情的。

（紀德原註：這當然是出自我的「地糧」一書的典故：『不是同情，而是愛』。）

不管怎的，我想告訴你，我對你的崇敬，和對你的期望。

2. 紀德的回信

（爲什麼要找尋『新主人』呢？「敎會主義」和「政治主義」的要求，或最少所主張的，是精神上的歸順。青年人，（及許多老一輩的人），因昨日對納粹黨徒的戰事感到疲倦了。他們在尋找着，甚至相信他們已找到了，那種歸順。他們在其中可以獲得休息、安全感，和精神上的慰藉。眞的，他們甚至說找到了一個生活下去的藉口，他們說服了自己：（自甘心於被說服吧，）如果他們加進那種行列的話，他們會更有用處，而且才能發揮本身最大的作用。故此，他們不會眞正體會到，或者覺察到，已經是太晚了，他們由於自己的「懶惰」和「自滿」，他們幫助了敵人，同時又敗壞了和擊潰了精神上的力量。他們適足協助了敵方，反倒替敵人建矗了一種極權主義的新型。這些極權主義者，並不比他們剛剛戰勝的納粹黨徒爲佳！

如果這世界確能得救，只有不求歸順的人才會拯救它的。沒有他們，我們的文明完了，文化完了，我們愛的一切完了，能給我們現存世界一個美妙的實證也完了。這些『不求歸順者』是世間的食鹽，而且只對『神』負責任。因我相信，神仍然未存在的，而我們必需走近神。我們能有一個比『走近神』更高貴、更可愛的任務，和更值得我們去努力的方向嗎？

再者：是的，我記得我在『地糧』一書寫過：『不是同情，而是愛』這句話。但是，在所有讀者看到以前，我早已遵從我的教訓：『拋開我這本書。』走向更遠的地方。甚至對自已來說，最基本的原則是，不要停留在任何一個所在。

·紀德·

說起來，這是紀德一生的「福音」了。他在信中引用的「世間之鹽」，正是他一生最愛引用的比喻，從基督教經而來的：

你們是世間的食鹽，如果鹽失去了鹽味，怎能叫它再鹹呢？以後無用，不過丟在外面，被人踐踏了吧！

人應該有成爲人的理由。對紀德來說，這種鹽質就是「不歸順」吧。紀德本人幾乎是終生的不肯歸順。在他早年寫作，「浪子回家」那篇散文中，他不是已說過浪子出去的理由嗎？浪子出去，尋求他的生命和理想。由於他還承繼有一筆財產，可以浪費，可以奢侈，錦屏兒恁看得韶光賤！一當他花光了錢，他必須爲奴爲僕的找錢過生活，以爲沒有金銀，便不能養活他的理想，養活他來尋求理想的勇氣。但在過程中，他受不了社會上一些生活的必須苦難，或人間在生活中歪曲的現象。他只好回家了，認爲做奴隸也是在父兄手下，在一個人手下比許多人中較好。他仍存有對過去依賴家庭的幻想。可是到了浪子的弟弟的一代，他們年輕，而且沒有財產，什麼都不能帶出去，這樣却可以走得更遠，可以更容易的與其他人平等的生活在一起。他不是浪子離家，而是眞正的脫離，到外面更廣闊更多人的世界中生活下去，他不想要從財產中帶出理想或購買理想，而是從活生生的社會生活中，紀德清楚地說出了那一代不歸順的青年的面貌。他始終把家、榮譽、財產，視爲一種人性枷鎖，宣稱人是爲未來而活的，而把寄望放在一群不歸順的青年身上。

（乙）不歸順的心

紀德是非常一貫的，差不多同樣的話，在一九四六年發表的論文：「文壇追憶與當前問題」中也堅持了這個「老而彌堅」的主張。紀德要重新肯定人文主義，重證人類信心：

「如果想使這世界有意義，這全仗你們，全仗人類自己，我們必須以人作出發。」

這裡，紀德同樣地重提早年他寫「地糧」時的青春，到處去人羣中找尋希望和愛的信仰。在這篇論文他約用一封由中東巴格達一個學生的來信來結束：

3. 來　信

「在您的作品中，你一貫使我們認識某一種永續的，富于生命力的疑問。你告訴我們：找疑問，卽是這個會遭犧牲的一代唯一的希望。……（由於紀德在別一封信中，提到人若無希望，心靈會變得黯淡而頹喪。）……不，我們不應再存希望，我們必須久續地懷疑下去，這是我相信足以保存我們誠實的唯一的態度。」

紀德的答覆

「在這時候，當我看到一切構成人的價値的條件——他的人格，他的尊嚴，他生活的希冀，他生存的理由——都沈入四方八面的危難中，在這樣的一個時候，正由于常留在一個地方，他會總覺得侷促不安」，他仍是保留着十九世紀的理想主義和浪漫主義的結合，啓程就是他們的目標，旅遊和冒險是他們認識世界和生活在人羣中的方法，這種理想者主義有些是天眞地對人憧憬著渴望了解，有些却是衝動地一往直前的放棄過去——（他們大都還在過着中產階級的道德和生活）——對一無所知的未來，勇於向前迎接：

「呵！崇高的思想，你已牽纏於我種種問題的混沌裡太久了，現在又一條未關的道路正等着你，我無法辨明什麼在召喚我，但我知道我旅程的終點一定是神。」

不歸順，人類能够完成更多的事情，也應該獲得更好的生活，這也是紀德的信心和對下一代的勸告吧！他選擇「德賽」作爲他的「精神遺言」，因爲德賽是傳說中，最初建立人的形象，反抗諸神的統治，而在地上建立人的天國的人，讀着這篇紀德一生中最後發表的創作，在最後一段很有深意的：

想到在我死後，人類能瞭解，因爲我而比從前較爲快樂，較爲自由，也生活着較好，我已十分快慰。我始終謀求著未來人類的福利，我已不愧此生。

紀德到老都是一個古典的人道主義者。他說：

「認識有一部份年輕人，他們永不息肩，依然保持着在道德上和精神上的誠實，他們抗議任何試欲影響、蔑視、或鉗制思想和征服靈魂——因爲被株連的確是靈魂本身——所發的專斷的號令與企圖。正由於認識這些年輕人——大地的鹽分——是存在的，這才使我們年輕著，這才使我老得行將離開大地，不會絕望地死去。我相信諸弱小民族的力量，我相信少數的力量。

這世界將受少數人拯救」。

這少數人當然是那些追尋理想，不肯歸順的青年；浪子的弟弟，年輕的「威爾特」，「梵蒂岡地窖」中的，「僞幣製造者」中的，甚至晚年，他重寫希臘故事：「TheSèe (1944)」，當時紀德已年高七十五歲，但這篇小說仍充滿了年輕的激情，甚至是早年的理想。「安全關我什麼事！」紀德借書中英雄德賽說：「一條已開闢的路又關我什麼事！」然則紀德永遠想到的仍是那種少年理想的召喚：

「我從來不讓過去牽纏或羈留我，一直被尚待完成的事情驅策前進。最重要的工作，彷彿永遠尚在前面。」

紀德一直傳播一種他的福音：到外面去旅行。

（丙）戰後一代的新出發

紀德死在一九五一年，而這些文字大概是在大戰期間和戰後的一年寫的。

一九四六年，歐洲還是疲憊欲興的年代，世界各地人民並不因德國納粹黨徒和日本軍國主義的潰滅，而享受和平安居樂業；中東地帶正爲猶太人的入侵巴勒斯坦，而發生原居民阿拉伯人被逼還而起來反抗的戰爭；印度半島也醞釀了向英殖民地帝國要求獨立的起義；非洲這個黑暗大陸吧，各地民族也一個一個的站起來，反抗古老的西、葡、英、法、比……殖民帝國主義，要建立他們自己的民族國家，而更遠，還有紀德意識到的法屬安南的戰事，菲律賓的獨立，或他意識不到的，日寇摧殘後而重生的新中國。

世界仍是普遍的混亂、不安。紀德的感嘆是無可奈何的，他能做什麼呢？第二次世界大戰還未結束，人們還遺留在殺和被殺的心態中，上一代的帝國主義仍想維持過去的光榮，不知道新與一代已不再能接受古舊而不正義的統治法則，他們的時代過去了。徘徊在二次世界大戰之間，徘徊在古舊的帝國陰影下，而又要出外去旅遊的人，紀德能做什麼呢？

時代也許眞的過去了，紀德在地糧上，甚至新的糧食上的音息，還能對這一代的年青人有作用嗎？有人還會眞正的去思索他剛發表的「德賽」，一個重寫的古希臘神話的訊息嗎？卽使在法國，恐怕人們重讀的是卡繆的「異鄉人」，是沙特的「存在」，是新時代雜誌，是沙特新寫的：「爲誰而寫作」。七十多歲的紀德，雖然堅持他要永遠年輕，但在羅曼羅蘭、在保羅•梵樂希……等等的死榻上一代前，這世界畢竟已不再是他那一代的世界，聲音也不是那種溫和而植物性的了，動盪的世界和騷擾的一代正在等待着出現……

（丁）再出發

戰後的一代，他們開始望向一個新世界，這一代或許仍有帝國主義，但已不再是古舊那種毀人宗廟，滅人國土那種了。而人們開始從戰爭中醒來，他們不只看到神已死了，他們還在問「人還活着嗎？」他們重想思索着人的意義？歷史該是怎樣走的呢？這種希望已不是蒼老得以至虛僞的古典澄明主義者，甚至溫和的理想改革者所能知道的了。

戰後的一代，他們從戰事的殘灰中，看到了日本人在中國的大屠殺，看到了納粹人要滅猶太人種，然後再體念到他們在戰爭中，所經過的苦難生活。他們一再提出了人的處境問題，人怎樣介入這世界的問題，當沙特寫出他在地下游擊隊中的經驗，「沈默的共和國」，他提出了只有在那段奮戰而爲整個人類正義而獻身的時期，他感到「壓迫」中人的處境，轉變到絕對的自由。他介入反迫害成全了他的自由。每一個都在他的位置中，爲所有人的處境而獻身，向歷史負責，因爲每個人都在歷史中，屬於歷史一部份。而事實上，世界正站在他們這一邊，亞洲、非洲，各國的民族，正莊嚴地進行反殖民地的革命戰爭，他們要求獨立自主。他們要求自己掌握自己的命運……確實，這些急速的歷史變動轉移到新一代的心理變動，已非當年寫：「剛果紀行」或「從查德歸來」的紀德，那種婉約和人道主義式的抗議所能了解了。也許竟是：一些「不歸順」，一些「浪子出走」，一些「在空曠地方，方使我思想」，一些「不是同情，而是愛」，只是一些格言，一些沒有行動的，咖啡座中的抽象話，哲學嘉語，不爲人所滿足，也不會夠用的，這世界已轉到要求和你同在，要求共同生活，要求立刻行動，要求不平則反抗；一些美麗的詩，一些玄妙的言語，一些精緻的技巧文學，不過是開玩笑而已，年輕人已不能以此滿足。

也許出乎紀德意料之外，這世界在旅行中的人太多了。紀德聽不到，有一天，結構主義者李維史佗會在「憂鬱的熱帶」中說：

旅行和旅行家是使我感到討厭的。

紀德聽不到，看看他生長的古老中產市民成員，瀰漫在啓蒙主義時代只會向上看的理想浪漫作風，他終生未做過什麼職業，一點遺產，一些作品，他從小到處旅行，環遊着北非、沙漠、歐陸，到處他都不耐煩，不肯長久停留在一個地方，這種不甘心凝滯於物的作風，也許使紀德能從上世紀的殘舊封建氣氛中探頭出來，也許使他能看到他享受的殖民地特權下面的非洲人民，也許使他能在二次大戰期間，能不滿意納粹那種國家社會主義，或蘇俄那種僞社會主義等作風，他的「不歸順」，使他成爲那一年代的代言人。

但是，世界是向前走的。我們勇於出走到外面世界，放棄個人的狹小天地；我們更應注意，不歸順的目的不是要流浪，不是去旅行，瀏覽一下各地風景名勝，而在敢於加進社會，敢於背負上一代傳下來的歷史，敢於和世界所有平凡但努力的人一起工作，把自己投身到建設未來的行列。不歸順只是爲了進步，爲了使所有人生活得更好，獲得所有的自由，爲了使人不再壓迫人，爲了使世界向平等、正義，永遠的和平那一面走。爲了使人成爲人。

這世界仍是有希望的。

再出發。

—19691120—

好，林懷民吧！

啊！要把薪火傳下去

——林懷民舞「薪傳」的聯想

一、冬天裡的花朵

在臺灣，藝術常不是一枝帶花的樹，除了文學，尤其是詩和小說外，其餘像古劇、話劇、舞蹈、音樂、國樂、雕刻、國畫與西洋畫……等都鬧著「季節敏感病」，有些還有先天的貧血，有人曾非常犬儒式的嘆息：「臺灣呀，畫是專賣給觀光客的，雕刻是爲觀光飯店裝飾的，音樂早就被配給歌廳了，戲劇只剩下電視連續劇那一種，連歌仔戲也沒有了。至於舞蹈，我想不出除了在跳舞廳外還有人會移動雙腳了，今年連學生界也懶得動動三步或四步了。」

說完，他捧起一本婦女看的雜誌自顧自看去了。

也許有人要反駁，近年來不是有不少畫展，連什麼西班牙國寶也搬來了，此外，我們也有

「國寶」洪通先生，他不亦曾經著實地出了好一陣子風頭嗎？（雖然，有人又認爲，他其實是被臺北耍寶了。）還有雕刻，朱銘的太極拳與牛亦上了歷史舞台，還有音樂中，有一段日子，陳達老伯伯唱上了錄音片，且親身跑到臺北演唱；還有戲劇比較平淡一點，去年有李元貞、曾心儀的「彩鳳的心願」和汪其楣的「聾劇團」撐個場面，國劇長期輪流上場，也眞是不絕如縷，保全一份香火了，還有，除現代人，還有近年舞蹈團確多了幾個，到美、歐學現代舞的人也回來了，例如林懷民所領導演出的「雲門舞集」就算得上一個長期有制度的職業性專業舞團了。話劇團體就辦不到，國劇呢，據說，上演時連高中生也去了，犬儒們又唱出了「消費力强」的老話。唉，不管怎的，究竟有人在此時此地愛好藝術是一件好事呀！

說實話，今年的藝術界算得上努力了，成績也頗有可觀，即使不是國色天香的「牡丹」，也已在藝術花圃內點綴了不少未知名的小花了。

入冬以來，一切却像寂寞下來，似乎被三年一次「臺灣民主大拜拜」的選舉搶盡了鏡頭；有人撿看聽到或是那些隨車而放的選舉人主題曲，或是那些街頭巷尾散送的海報，或是那些書店報攤上的選舉書籍，致詞、設計、用字、構圖……都各盡其巧，而不掩其樸，簡直是藝術園地上的「山花揷滿頭」，活潑、清新，而且咄咄迫人，也許是近年藝壇的不爲人所知道的突變，該是「應用藝術」的一面吧！

想起來，臺灣的冬季眞有點涼。林懷民和他的人，赤着上身，女孩子穿着中國傳統的「藍布大褂」，「青布長衫」，羣體的舞着跳着，在戲台的空曠上，追拜着一縷縷心香，確有一朵朵綻開的花朵的味道。對小老百姓來說，臺北今年似乎特別冷，關在室內更有些難禁，打開窗子，讓多天暖和的陽光進來吧。

二、「薪傳」的這個傳說

林懷民到美國走了一年，在紐約也有點兒太冷吧，回到臺灣來他竟帶了一點「火」，雖則是火炬上的一點火，是自己生出來的心火，在北冰洋吹來的十二月寒流中，臺灣的合歡山可看雪，臺灣的一些動物多眠，臺灣的一些土地蘊藏了它的休息，植物平淡地改變了成長的方式，在一般都沒有暖氣裝置的房子中，臺灣的多天總覺得冷。這一點火光是向臺灣的安靜的鄉土問好嗎？

確實，在這個時期內出現臺灣先代的移民故事是適時的，臺灣十二月是選舉季，這一種民主的推進，假若並列了三百多年前，祖宗們冒着生命的危險，到臺灣來建設一個「蓬萊」式的神話樂園來看，在歷史意識中，是爲中華民族尋求一條新的出路，是整個華夏子民在亞洲開發土地上的歷史延續，但它的時代意義上，同時更有新的詮釋：我們如何使老樹開花，一個古典的文明，怎的重披上綠意，發芽散葉？

臺灣有自由的土地，移墾的中國人，只要辛勤勞動地工作，可以開拓出最肥沃的家園，黑色泥壤上種植出大地的糧食，金的稻穗，甜的甘蔗，黃的芭蕉，還有，一代復一代向前行走的自由的人民。祖先們移民的心願，貫徹着整個中華民族的歷史，從黃土沖積地帶開始，向河西，向漠南，向四川盆地，向雲貴高原，越過長江到達浙江、福建，翻五嶺抵達廣東、廣西。然後再渡海登陸遼東，或將臺灣的森林征服，聯合土著的異方民族，建立混合的新的中華民族。這個種族多少世紀以來遭遇到多少天災的苦難，西方民族的挑戰，外來的武力和侵入，到了今日，是否可以重新抖擻起來，可以對世界說，我們要開新花了，要開自由平等的，開公道正義的，開和平奮鬪的中國花！

林懷民的「薪傳」是傳說這個移民故事吧！確如連橫的『臺灣通史序』所載：

夫臺灣固海上之荒島爾，篳路藍縷，以啓山林，至於今是賴。

應該牢記的是，這幾句簡單話中，內中包含着死亡與新生，點明了掙扎和征服，表現着拓荒和豐收，也說出了勞動和節慶。林懷民用舞蹈新劇來傳信這個故事，當然在表達「人追尋幸福」和「人征服土地」這個意旨吧，以希望和勞動來創造文明，本來是人類數千年來的共同歷史。

三、舞蹈的中國傳統

「薪傳」的劇作大概可以分爲三大段：

㈠祖先艱心過臺灣，臺灣不知什款樣。彼時木船渡烏水，爲使子孫有前途。

㈡到了臺灣來定居，石頭大粒樹又粗，手指撥推隻隻破，今日開墾後世福。

㈢過來臺灣要經營，稻米番薯要收成，要飼子孫底肚腹，雙手挖土來耕田。

這三段利用陳達唱「思想起」的調子和彈月琴，在幕與幕間，作「間奏曲」播出，頗有一點味道。最少在整個劇本的推移中，發揮了一些點明主旨的作用，使觀衆不會因舞者運用了抽象的模擬動作，或有所不明白。這裡，自然牽涉到「舞蹈」本身的先天限制問題。我們下面略說一些意見。

在臺灣一般舞蹈演出中，大概是展覽人的肉體所能達到的體能極限爲最多，也是說有點孔雀開屏式，甚至於極力炫耀着，個人如何在掙脫地心吸力，在大地和空間中一些形象。也許由於老師和學生間一時仍不易溶爲一體，臺灣的舞蹈演出似乎仍少有「主題」的出現，一時看不出他們的舞蹈，除了技藝以外，還有什麼由個人出發，透視給羣體的意義所在。在另一方面，許也是某些學西洋古典芭蕾舞的人普遍苦悶的地方：怎樣通過西洋的舞樂而與本國民衆結合？怎樣通過傳統的技巧而反映現實的生活？顯然，以古典芭蕾舞爲專業的舞者，是難解決這些問題的。臺灣的現代舞者，他們大都從外國的先進舞蹈家中學習到現代舞的語言，後來想用來詮釋中國的古籍和神話故事等等。該怎樣了解呢？我們民族舞蹈的語言呢？

吳靜吉先生在檢討「一年來的舞蹈」一文說，現代舞是舶來品。如果依編舞方式，演出環境，甚至一些運用肢體和與空間的聯絡問題，正如許多近代藝術，現代舞是必然舶來的，現代音樂與現代畫都是！

可是，中國原是一個舞的民族。『詩大序』相傳是孔門弟子子夏所作，曾理論化地說：

「詩者，志之所在也，在心言志，發言爲詩，情動於中而形於言；言之不足，故嗟嘆之，嗟嘆之不足，故永歌之；永歌之不足，不知手之舞之，足之蹈之也。」

這段話一方面詮釋了從人到藝術的一個表達過程，一方面說出了古人對詩和舞蹈間的一種關係。

興的舞蹈的原義

最值得我們思索的是詩經之中賦比興的意義。有關「興」的解釋，從古代到今日，釋「賦」和「比」的義很相同，但釋解「興」義便各人意見紛紛，互有矛盾。「文心雕龍」中比興第三十六章，談比爲多，談興者少。劉勰以爲興者，起也。也與古典釋詩經時，在『大雅』，『大明篇』下加註曰：「興，起也」完全相同，『詩經』學者以爲：興義有二意，一爲「發端」，一爲譬喻。故惠周惕在『詩說』上也說：

「毛氏獨以首章發端者爲興。」

但毛傳中註興句就與朱熹『詩集傳』不同，眞如劉勰所說：「詩刺道喪，故興義銷亡」了。

近世學者對此也各有新見，尤以前幾年謝世的陳世驤教授最有見解，他在「原興、兼論中國文學特質」一文，曾暢談對興的新見，很值得參考。

從詩的字源上看來，「詩」字本有「止」的造字原義，因爲「詩」本身和人會用雙脚大力擊地發出韻律節拍有很大關係。進一步再來看「興」的字源也頗令人驚訝。原來「興」字說屬於六書中原始會意字，象徵初民在興高采烈的豐收節慶中，成羣結隊的，自己圍成一個舞蹈的圓圈，或手牽着手，或共同舉着要奉祭先祖的禮物，一面盤旋而舞，一面發出婆娑的歡樂聲音：

東門之枌、宛丘之栩；子仲之子，婆娑其下。（陳風）

「興」該是古代歌舞樂的曲調。民歌的原始因素是羣體活動的精神，我們試想像一下，合羣共作的勞動，逐漸變爲聯繫的游嬉，和肢體的結連，合爲一大整體，而發出愉悅的呼喊。這是先民時代一種勞動後的歡樂吧。到了「詩經」時代，這些曲調發展成章節，起初有些像是部份「行吟歌人」，在參與民間節慶時，出來興詩，甚至用初民的歌謠，來表達社會上的希望和沮喪的情形，但後來或已改爲一個領唱者，他不斷的借用一些民衆熟悉的詩句，或順着原有的大家知道的主題，配合了羣體的樂聲，和集體的舞蹈，也沿用了疊複的歌唱技巧，編成反覆的一唱三嘆那種的民歌和重複的舞蹈。確實，在古代，歌與舞是不可分家的，不只是舞者借了歌謠的旋律而舞蹈，而且民歌也因舞蹈的形式而內容日益豐富，例如楚辭中的九歌，很明顯是爲迎神送神而寫的，到了後來，南北朝的樂府加進來爲文學的新潮，其中有從民間的「舞曲」演變的，隨着隋唐時代「萬邦來朝」，胡樂，西涼伎都帶有舞曲進入中朝，舞和樂並不分家。我們讀到宋人詞：

貪與蕭郎眉語，不知舞錯伊州。

那種天然但却是舞的韻律也顯然了。

四、巫與舞的傳統意義

另一方面，近代學者陳夢家指出，「舞」與「巫」在甲骨文是相通的，古代巫者也是舞者。因為先民時代，群居的唯二大事，就是打仗和拜祖先：

「國之大事，唯祭與戎。」

當時人類初度掙脫生活的束縛，「文明」在家族中的保持人，正是族中的巫者，他在拜祭祖先中，常通過舞蹈來表示族中的事故，同時，一族的歷史也常由這代代相傳的舞蹈傳遞下去。所以在中國古代史中，祭祀脫離不了宗廟樂舞，『書經』『大禹謨』：

「舞干羽於兩階」

『周禮』春官司巫：

「若國大旱，則帥巫而舞雩」

由於舞與統治皇族的關係，古代士人未成年者必須學習的教育之一，『禮』『內則』有：

「十有三年學樂、誦詩、舞勺、成童舞象。」勺和象是相傳爲文王的「文舞」和「武舞」。

可是，中國文化發展的結果，「舞」遵循着二條路線。在官方上層組織的，『漢書』中記載在宗廟中所用的「武德舞」、「文始舞」，（本舜韶舞），五行舞（本因舞）等，但在一般皇宮、國戚或貴富之家，則多畜童僕家妓，宴前游樂作舞。在民間的，則在春秋社日，或農閒節慶，舉族而歡，出之以舞。連橫『臺灣通史』卷二十三『風俗志』中：

「而番社則以黍釀之，親朋相見，以此爲歡，亦既醉止，載歌載舞，頗有太古之風」。

「舞蹈」的與衆同樂，只有在民間仍維持，後來中國歷史中，由「舞」而演進成劇，「舞」溶化入戲劇之內，遂變爲一種「綜合藝術」，或者亦因農業社會仍未能專業化的緣故吧，但在民間，如「舞獅子」，「舞籮筐」，或「宋江陣」等，仍傳有太古之風，表現出民衆在歡愉的時候的狂喜。舞蹈亦是民衆生活的一種體認也。

中西舞蹈分別在那裡呢？傳統民間的舞蹈，集合祭神和大衆同樂的意義，而舶來品傳來的「現代舞」，是表演性的。因此臺灣舞蹈者多了一個新課題：怎樣從個人走出，重復中國古典舞中的羣體共樂的精神，而這才是中國民族舞的眞義吧。

無疑，林懷民的「薪傳」走出了一步，一大步，我們且來看看它劇作的發展。

四、舞——羣體的藝術

也許不是今日開始的……

也許林懷民及雲門舞集一直嘗試新的……

也許「看海的日子」裡林懷民開始了現實的邊緣……

也許「小鼓手」中，雲門舞集已創出了民歌和羣體相交集的風格。……

但「小鼓手」中仍有冗長的個人舞，那個「人間的消息」仍嫌有點微弱，只是一齣「歡樂詠」吧?我們仍在期待更有歷史的步伐。……

但「看海的日子」裡，劇本仍徘徊在現實的表象中，它不能發掘出原書中一種悲天憫人的人道精神，亦没全透露出黃春明對世界那種頑强的、帶鄉土味的固執似的、對生命的樂觀和希望。……

但一切還好像要再開始……

於是，「薪傳」揉合兩種新的可能，羣舞和歷史。

似乎是近年的好現象，世界文壇流行一種「尋根」的文藝途徑。可是美國「根」那本小說作者所尋到的，不是根的源頭，而只是一段惟對黑人被美國人挖起而移根的悲慘史，他誤解了生命史爲傳奇故事。落後的民族仍在找尋。……

林懷民比這個作者幸運，因爲他本人是有歷史民族的新一代。事實上，他不用追尋「根」，詢問根的根頭，因爲他本身就是歷史，他所在的周遭都是歷史，而且是活生生的歷史。他要說明的不過是祖先把我們帶到這裏，而是我們要把歷史帶到那一方。百年來中國受盡西方列強各種不同的壓迫、欺詐、宰割、侮辱……百年來帝國主義在中國的政治、經濟、文化、宗教、思想……上的侵略，已使中國人病患着歷史貧血，這個在大陸之外延續下去的中國文化，是否要發揚光大而且團結一致，來面對百年來活的歷史，迎接着國際間如美、蘇、日……這一羣帝國主義加於我們中國人的生的挑戰？

林懷民是幸運的，他是一個中國藝術家，他僅需要用舞蹈具體地描述一段臺灣開拓史便可以起程了，因爲中國歷史也是這樣子開發出來的。

『臺灣通史』卷二十四，『藝文志』有一段話說明了我們今日的一些處境，也有所以瞻望將來的！

「連橫曰。我先民非不能以文鳴也，我先民之拓斯土也。手來粗，腰力統。以與生番猛獸相爭逐。篳路藍縷。以啓山林。用能宏大其族。艱難締造之功，亦良苦矣，我先民非不能以文鳴，且不忍以文鳴也。夫開創尚武，守成則右文。……我先民非不忍以文鳴，且無暇以文鳴也。……」

固然，羣體創墾大地的功績，或在文字中沒有記載，但故老相傳，母嫗口述，這一段歷史還是一定傳接下來的。只是，我們成長以後，怎樣再複述這個殖墾的歷史給下一代人勉勵呢？

林懷民是浸身在歷史中的，他也許說過：

「薪火相傳。從小，我就想寫林家三代的事情，但一直覺得能力不够。」

或者他謹愼一點，該考慮的是，個人、一家的歷史卽使有它的代表性，但在整個源流高長的民族歷史中，不知道該安排在那裡。是的，民族開拓國家疆土的歷史太雄渾和太撼動人了，好像一切人微小的辛勤，只有放在整個歷史中才能顯示人應有的位置，所以，林懷民終於做了：

「這幾年，我想講大批移民到臺灣的故事，周圍的氣氛告訴我，現在正是時候。」

眞是個時候，幾年來，感謝前輩和鄉土派作家的辛勞，臺灣在文學上也接栒了歷史。鍾理和、吳濁流先生的文集，張深切、張文環、吳新榮、賴和等的紀念，（據說，李南衡先生收集的臺灣上一代作家選集已刊印發行，且出了賴和全集，將眞是明年第一件大喜事！遠景出版社也將整理臺灣文學全集三十六册見世。）這一代作家努力的也不少，鍾肇政、李喬、葉石濤……都在撰寫新一代的臺灣史，還有今日的作家寫今日的臺灣事，小說家黃春明、陳映眞、王拓、宋澤萊、王禎和、曾心儀、蔣勳、奚淞……還有其他的好作家、詩人……這正是時候，中國需要新一代的聲音，羣體的剛健的聲音。而「舞」……

林懷民勇敢地加入了這個行列，他說：

「雲門舞集要做現代中國的歌仔戲班。」

歌仔戲班是自民間來，到民間去的。雲門舞集終於找到了一個好的、人的集合，為羣體演出羣體的愛和恨，羣體的希望和努力的方向。當然，眞正支持雲門舞者和林懷民的是他的同胞，他的中國，他已在這條大路起步，「薪傳」是第一柱火炬，要把生命的歷史燃燒下去。

五、「薪傳」的創作

「薪傳」的編劇是頗具苦心的，全戲分爲八段三個間奏曲：

(甲)序幕：一羣持香膜拜追念祖先的年輕人。

(乙)唐山：艱苦創拓前程的婦人的詠嘆曲。

一羣伙伴們對希望的追尋。

間奏曲：陳達的「思想起」歌詞：

祖先艱心過臺灣　臺灣不知什款樣　彼時木船渡烏水　海水絶深復且黑
海水漂泊心中苦　爲使子孫有前途　烏水要過好幾層　遇到颱風捲大浪
神明保佑祖先來　海底不要作風颱　三百年後人人知　臺灣變作好所在

(丙)渡海：風雨同舟的伙伴渡海到臺灣來！

間奏曲：陳達的「思想起」歌詞：

到了臺灣來定居　石頭大粒樹又粗

手指搬推隻隻破　隻隻血流復血滴
要留後世好議論　今日開墾後世福
不知後世心何樣　阿公阿爸不時叫
地方開墾要給你　子孫日後好豐厚

（丁）拓荒：一羣伙伴用手推石扒地的史詩
以及一位踩平石礫的婦人。
開拓者的生命史！奮鬪，努力，結婚，兒子。
生命史的插曲：犧牲和羣體的悲哀。
也是生命史：互勉互勵一同工作的夫妻
間奏曲——陳達的「思想起」歌詞：

「過來臺灣要經營　稻米番藷好收成
要飼子孫底肚腹　做人莫要忘源頭
他日長大要報答　阿公阿爸好人情
雙手挖土來耕田　播田一區收五斗
子孫呵吾用雙手　扒土使你齊長大」

（戊）播種：伙伴們以汗水灌溉田園

寡婦和兒子及希望

（己）節慶：農閒休息及紀念祖先

（庚）豐收：開拓的農田產出了豐盛的糧食爲子孫福祉奠基的中國人

（辛）尾聲：決心要薪火傳宗下去的年輕人。

這個就是林懷民貢獻的「薪傳」舞劇的故事。一段辛酸、莊嚴，而又雄發的民族開墾史詩。

但該怎樣表現出來呢？

我想，它可能要牽涉到創作舞劇的三個基本問題：

第一：舞蹈的創作者問題：創作「舞劇」的人該是舞劇作家（Choreographer），或其他音樂家，說故事人等等？

第二：舞蹈本身的動作相傳問題。我們無從知道古代舞者的創作，或某舞劇的動作要求，例如公孫大娘的劍舞，她的舞態動作果如杜甫詩述？也是說舞者一定要依劇作者所指示的動作而舞，或可以依劇情卽興，或模擬某些生活情景，或依傳統的芭蕾動作而臨時加些變化而已。

第三：「舞蹈」與其他藝術的融合問題，例如主要是音樂，或次要的畫，佈景……等等演出上的和整個結構上的，是否舞蹈本身利用線條和規劃的形象，所造成的韻律就足以獨立？其他藝術是附加上去的，而非它的主體？

自然，林懷民也許不用完全答覆這一類問題，因爲他本人是劇作家也是舞者，因此他可以隨他的創作衝動，或觀衆反應而修改，以臻他所認定的完美。何況他所選的題材又那麼强，那麼有力地把人帶入舞劇中去，舞者僅需要把感情注入他所要表現的二種拓荒者的精神上就已足够了：

其一：羣體開闢天地

其二：勞動創造文明

這二種精神，正是古典意義上，舞的本義。「巫」代表族史，舞出了祖先的創業歷史，而舞人們的羣體動作，也正合了「興」的含義，我們也可以歸結來說「舞蹈」的歷史本義是「一大羣人，共同工作而生成的動作，這些動作常因羣體一致而合產成『韻律』的美。『舞蹈』可能就是這些動作的重現，或在節慶時，故意誇張的模擬行爲，或在祭祀時，要傳遞『歷史』的一種象徵語言。簡單說，舞蹈就是生活。」

我們需要舞蹈，我們希望它能充實我們，和我們生活在一起。相信「薪傳」在這一點上下了功夫，一個好的開始。

六、怎樣舞出羣體精神來

「羣體」和「勞動」是「薪傳」舞蹈劇的二大主題，也許因爲只有通過這二種精神才能表現我們民族的精神，我們民族的艱苦奮鬪，和我們民族屹立在這世界上的歷史和希望。

在臺灣，雖則學校上以「德、智、體、羣、」四育並稱，我總覺得，讀書讀多，羣育的教育愈少，在幼稚園時候，「排排坐、吃菓菓，你一個，我一個」，有些學校，且提倡集體勞動，但到了城市和高等教育，中、專、大學，都很少了。「薪傳」的强調無疑是適時的。

「薪傳」的史詩劇的特點，更在描述祖先創造中國歷史，開墾臺灣的過程中，運用了羣體的合作，模擬了許多拓荒和種植的勞動動作，例如划船、渡海、救拯、搬石、砍樹、除草、扒地、灌漑、鋤田、耕耘、揷秧、收割，……等等，這種艱辛的歷史性動作，用舞蹈模擬出來，實在有一種撼人的美感，也同時有回到了中國歷史的味道。

有些「雅士」們一直認爲「舞蹈」應是高級藝術，因此也懷疑它的純粹性。事實上，勤勞一直是我國人成功的條件。春秋時代，魯國大夫季文伯退朝，朝其母，其母方績（紡織），季文子恐主政者以爲他不知禮，其母反嘆息：

「魯其亡乎！使僮子備官而未之聞也。」

「夫民勞則思，思則善心生。」因當時人心還在創基業時代，以勞爲貴，故季文子母會說：

「君子能勞，後世有繼。」

可是時代變了，我們這一代怎樣想呢？

從這段『國語』中『魯語』的故事，可見到勞心與勞力的觀念分家已久，到了今日，一般人的賤視勞力，使我們社會上要求的公道和平等，很有偏差。職業本來無高低貴賤之分，「薪傳」

中用勞力時的動作，成爲舞蹈的韻律，又不只是美感而更具社會意義了。

「薪傳」中最想突破臺灣舞蹈，甚至現代舞的地方，當然在於「羣體」精神和「勞動動作」二種。其中有幾場編劇特別能善用這二種的特性，很有一種新鮮撲面的愉悅。

幾乎每一幕都用羣體舞蹈作爲主體，全劇只有一二場單人或雙人的「抒情舞」(Pas de deux)，在「唐山」那一段用一個母親和她的新生嬰兒，配合大羣在苦難中掙扎的伙伴，他們手牽着手，一方面表示「薪盡火傳」的圍繞着嬰兒和香火，另一方面也在說團結一致，爲尋求幸福而拓展前路。最能表現得舞蹈能獨立地具體顯示意義的，應是「渡海」這一段。

「渡海」一段配搭簡單，但效果甚好。它利用一塊龐大的白布，然後四角用力搧掀這塊白布，達成一種海浪的象徵，很具妙味。尤其是在幾乎全無佈景前台裝置的廣大舞台上，顯得「怒海狂濤」一類迫人的感覺。十來個渡海人，聚在白布中央，而且拼排成一隻類船的樣子，有一次一個伙伴且不愼跌在海中，好一陣子才被救起來，更顯出「風雨同舟」的意義，觀衆也有身歷其景的感覺，眞是舞中最成功的一幕。

還有一段是在描述灌漑田園、種植稻米的過程，羣體的鋤犂、耕耘、揷秧……的勞動動作，使觀衆回味到唐詩人聶夷中的五言：

耘苗日正午　汗滴禾下土　誰知盤中飧　粒粒皆辛苦。

只可惜編舞者只作點綴式的象徵一下，未曾眞的體察耕耘農田時的勞動動作，因此在舞蹈過程中，這些動作大都是裝飾性的，點到爲止，未曾眞正到發展它成爲一種舞步或舞蹈中的線條和規律（Iire and Pattren）我想假如整場都用模擬耕耘動作，而且有一個過程：一方面由搬石、鋤土，到揷秧、除草、打穀，顯現由勞作到收穫的喜悅；另一方面可以逐漸地增加人數，由一對夫妻到後來千千萬萬人，象徵臺灣的逐漸開發，而人衆時所合舞的韻律，會造成聲勢及新的規律的舞步。

我們記得近代舞蹈家卞嘉特（Maurice Béejart）的名言

「手勢能說出一點東西，但你得有些意見要說才是。」（A gesture Can Say Something, but you must have Something to say.）

雲門舞集，林懷民「薪傳」確在想說一些話，一些對世界的看法，一些由歷史觀念的消息，他們努力在嘗試。我們了解，在中國還是起飛前的舞蹈藝術中，他們會有一個長期而艱巨的破殼出世的過程。無疑，他們很成功，但我們認爲似乎還有很多話可以說，很多意念可以匡正。在今日中國，我們必然想到，舞蹈不只是消閒的娛樂品，也不應只停在可供欣賞的高級藝術；舞蹈應進一步作爲一個溝通的媒介，作爲一種教育，也變成我們生活的一部份，「舞蹈卽是生活」。

人類的進退，不是到此爲止。我們期待他們新的創作，爲中國民衆努力的新創作。

（19781226）

新松恨不高千尺

——談「新傳」的演出

我們來談談「薪傳」的演出。

沒有演出，則理念和愛心如何傳達。我們應重視演出的。「賢者識其大者，不賢者識其小者。」且提出一些淺見，以俟方家指正。

(甲)在臺灣各種藝術中，與人關係最近的是文學，尤其是小說。因此吧，小說遠較其他藝術爲發達，人才也最多。所以，在維護人的尊嚴，詮釋人的歷史，述寫現實社會的苦難和愛等等，小說無疑走得最遠，比較起來，其他藝術似乎還未全上道呢?! 因此，對雲門舞集伙伴們來說，這可是一個新課題——怎樣才能將舞蹈和「人的社會」聯結起來呢？

(乙)近世舞蹈的流行，尤其是世紀初所謂自由形式的現代舞的興起，大抵由於人意識到個人對「自然」的征服，因而嚮往「有力的」，「運動的」，「動態的」，「快速的」，這些個人的肉體性的表現，趣味上故此傾向喜愛「體育運動」，「鬪牛」，「動藝術」這類，尤其是青年一代更追求動態多過靜態，舞蹈上對古典的內容，如「神仙故事」，「鬼怪奇談」，或十九世紀流行的「異國情調」逐漸在成爲中心也。也會採取較嚴肅的課題，常且是人性衝突或心理失態的，這些在自由舞蹈上，當是一種進步。但古典舞固然流於形式且幻想太多，「現代派」也是妄想和熱衷於個人的表現，並不能把舞蹈與人和社會聯起來，這也是今日「新現代派」的主要探討對象。近年來歐美的新型舞或劇，已着重這一點。例如 HAIR 或 Jaffrey 劇團在紐約上演的可見到。「薪傳」的演出，使「雲門舞集」從幻想走到現實，委實是一個突破。

（丙）「薪傳」一劇事先說明，演出九十分鐘，不另分幕，以便一氣呵成。當然，歷史劇具備這一種需要，一種連貫的歷史感。可是，我感到要求連續的概念，不應全在「强迫」觀衆坐待九十分鐘時間來完成，更在劇本本身的「連續感」上，我感到編劇時分段後的「連續」是很有問題的，尤其是頗爲抽象的舞蹈動作，觀衆是頗難完全了解它在說什麼，因而下面一段的開始便一時進不去，那麼「連續」何來呢？如果說藉陳達老先生的月琴和思想起，那麼顯然已不是舞蹈的連續，分不分幕已不相干。

舉例來看，渡海後，那羣移民到達陸地表現一種狂喜，看來雖很戲劇性，但却是「天方夜譚」，除非是很古早的原始人。否則，歷史的記憶之中，臺灣早有定期的航線了。下一段那麼該怎接上去呢？然後新婚，然後有人倒下又怎樣接下去呢？我也看不太懂，從那個人倒下去的方位裏，突然出現一個繞長白布的英雄，把布繞到沮喪的人身上，又接上去和女英雄追逐跳雙人步的意義？似乎可以另起一段，如說小夫妻從羣體中脫離去找新天地開墾一樣。我感到只有由死亡新生突然跳出了籮筐怪面時，略有緊湊的編劇的意思。

（丁）這裏又談到題外話，究竟舞蹈能否全獨立，不需要文字語言的解釋，我感覺仍是，舞蹈單獨的存在可能只停留到爲「人」坐在冷氣座位上欣賞而已，他的「消息」也止於此。可能要通過文字語言，用綜合藝術方式，如史劇、演唱，甚至電影這種方式，才能達到目的吧？

（戊）舞步設計上，舞者比前進步了。可是也有很多可以修正。近代歐美有一舞蹈派，他們把古典芭蕾和現代自由步法混在一起，（如Jerry Robbins Agnes de Mrlle, Antony Tudor, Roland Petit, Maurice Bejart, 甚至 Paul Taylor等人作代表）原因是雙重的，不是所有人像林懷民式天才舞者，可以隨心所欲的運用腿和臂，而某些天才舞者所創的獨門步法，常常及身而止，故此，有些人乃主張恢復學習一些古典舞的步法和力的教育。

在「薪傳」中也看出這個問題來，有些女孩子步法太生疏了，轉一個身便步伐不穩。有些跳起來只是零碎的動作的結合(卽使那動作本身多麼優雅)，但我感覺到她的動作與動作之間很少「連貫」的味道，也是說，整個舞蹈過程中沒有「韻律」的美感，只是一個姿勢連一個姿勢，有點像加快的時裝模特兒而已！另一方面，在羣體舞蹈，所重要的是時間一致和交接脗合，這一點很明顯常有分秒之差，尤其是男、女羣相接那一瞬那，頗覺生硬。

在模擬勞動動作時，一些動作推石和扒地等之間的變換也沒有一些準備的時間。

(己)編舞中似乎也有要改正的地方。

首先，一個人，尤其是一羣人，在離開大地後，所能伸動手脚究竟有限。因此，在編舞過程中，應該注意到不只是一場的設計，而且整齣舞蹈的結構，換句話說，在第一段不能放盡，免得每一段都是那幾招雷同的跳高跪地，這樣子才能製造高潮，也可以由高潮轉向平淡。我建議不妨多用對比，反對稱，單與羣，高與低，長與圓，動與靜……等種種變形，來減少舞蹈的單調性。也是盡力要求幕與幕間的變化，增加趣味。

(庚)道具方面，也頗令人失望。用石頭和秧苗搬出來搬出去來表示：這就是田野，這就是收獲，似乎太抽象了。我以爲不妨改用佈景，把舞蹈改到三維立體面去，也是一種新方向。現在舞臺後一片黑漆，加上燈光忽明忽暗，很不舒服，舞蹈應有現代的佈景來配合！

燈光是其中最糟的一環，從上打下來的圓圈光，幾乎完全沒有意義，(也因爲沒有多少個人舞之故。)由兩側打出六個衕型的光線，旣不淸楚，中間又造成一條溝的黑暗地帶，毫無美感，我以爲如果燈光不能製造特殊效果，(劇情需要的)，那麼，乾脆用日光燈，一目了然算了。

衣服也是莫名其妙，男孩子毫無理由只是赤膊上陣，女孩子也僅有藍色大褂、靑色大褂二種，有人譏笑古典舞蹈，所穿的都是借來的晚禮服，現代舞則都是「皇帝的新衣」而已。難道連節慶都不可以穿一件較乾淨的衣服？也許不至於貧窮之甚吧？全劇穿同一服裝，使人最少有二重感覺，一是沒有時間觀念，都是同一天做的嘛！另一是不知道有高潮，說實話，男孩子的赤裸很有吸引力，但九十分鐘下來也頗够受的，不必要的，限制了變化，也減少高潮的壓力。

編舞的方位也值得研究。例如在那個人倒下的地方，同一時間竟連續出現六個婦人，後再出現一青年，不知何理？我以爲不妨把這六位女舞者散置在四周「田野」中勞動工作，一當伙伴遇難再緊急救援，既合情理，也較現在舞場上的空曠單調爲複雜有變化性。後來那青年不妨另起一新段，不用聯在一起。（我也感覺死亡和生產這二段處理不好，頗「濫情」，有點破壞整劇的效果。）

整劇來說，不知是否我太「古典」，我以爲這是一齣相當沉悶的劇作，佈景、衣服，甚至舞步沒製造高潮，（或者我們感覺不出什麼高潮），一友人說，這劇太緊張了，唯一放寬的是結婚那一段。例如因爲全劇很少個人舞，「拓荒」一幕中，兩夫婦跳雙人步時該是一點高潮吧，但處理上頗有問題，那女孩把頭髮放鬆下來，可說毫無美感可言，如一定要做，那麼背景用淺或白色的褲似乎效果好一點。音樂亦是一個問題，由於整劇沒有一貫的音樂配合出來只是順舞步的拍子而有音樂。如能找人寫出全劇的音樂綜合，可能較有成績，連續的觀念較强。

整體的感覺是，「雲門舞集」的努力是不容忽視的，也相信他們會創造更好的舞蹈成績，也許如加挿不只是人聲，而且是眞正的聲音，或另有眞正史劇的味道。

（辛）行百里路者半九十，我們怎樣希望一羣年輕的藝術工作者呢？有時，我想起了杜甫在悲憤時的二句詩：

新松恨不高千尺，

惡竹應需斬萬竿。

有時，我却又想得比較平和，那麼我就這樣祝福他們吧，一叢在懸崖前的勁竹，希望能長成一株不畏風雪的蒼松吧。

在這個偉大的時代，一些希望總是需要的。

「不知台灣生作什麼樣？」

——林懷民舞『薪傳』觀後

一、「臺灣無史」

「是臺灣三百年來之史，將無以昭示後人，又豈非今日我輩之罪乎？」

這段話是連橫先生在『臺灣通史』序中最沉痛的話，在日據下殖民地時期，臺灣無史，有的日人著作，不稱爲『臺灣統治誌』，『臺灣治績誌』，便直叱爲『臺灣匪誌』，『臺灣匪亂小史』，在那個八方同昏，乾坤顚倒的年代中，臺灣中、小學校的教科書，竟奉天皇爲開天祖，以樺山資紀、兒玉、後藤等爲民族英雄，以余清芳、羅福星、江定、林少貓等反抗日治的義士爲匪徒，什麼樣子的歲月啊！我們得學習過「皇民」的生活，把祖宗數千年來在中國本土及沿海島嶼開天闢地，披荆斬棘時期所養成的風俗習慣强迫放棄。葉榮鐘先生在『臺灣近代民族運動史』中凡例說：

「臺胞處在異族統治下五十一年，日本當局採取嚴厲的隔離政策，高豎關稅壁壘，轉移貿易口岸，以期斷絕臺灣與祖國之影響。一面大力推行同化政策，禁臺語、廢漢文，務欲使臺胞忘却祖國，放棄固有文化。」

沒有「過去」的民族，怎可以屹立在世界上？

章炳麟先生序「臺灣通史」時不勝感慨的說：

「則臺灣者實中國所建置。其後屬清，屬日本，視之若等夷。臺灣無德於清，而漢族不可忘也。余始至臺灣，求所謂遺民遺德者。千萬不可得一二。」

他因此期望於連史及後之來者：

「披荆棘，立城邑，於三百年之上，使後世猶能興起而誦說之者，其烈蓋可忽乎哉！」

梁啓超遊臺灣詩：

「破碎山河誰料得，艱難兄弟自相親」。

「萬死一詢諸父老，豈緣漢節始沾衣」。

自是詢問後之來者，如何追述祖先的豐功偉跡！

二、臺灣無文

連橫曰：「我先民非不能以文鳴也，我先民之拓斯土也。手耒耜，腰刀銃，以與生番獵獸相爭逐。篳路藍縷，以啓山林，用能宏大其族，艱難締造之功，亦良苦矣。我先民非不能以文鳴，且不忍以文鳴也。……臺灣當鄭氏之時，草昧初啓，萬衆方來，而我延平以故國淪亡之痛，一成一旅，志切中興，我先民之奔走疏附者，兢兢業業，共揮天戈，以挽虞淵之落日，我先民固不忍以文鳴，並無暇以文鳴也。」

——臺灣通史

「我診斷的結果，臺灣人所患的病，是智識的營養不良症，除非服下智識的營養品，是萬萬不能治癒的。文化運動是對這病唯一的治療法，文化協會就是專門講究並施行治療的機關。」

——蔣渭水

儘管在日據下，臺灣被製造爲日本的農業大後方，成爲日本本土生產糧食的地區。可是，人是不會屈服的，人捐款設立中學，人屢禁屢辦報紙。在文字出現遭遇困難時，文化協會舉辦多種講習會，講習臺灣通史、法律、衞生、學術、歷史、中國古代文明史等，及講演會（一年曾有三百多次的紀錄），最具特殊意義的「文化話劇運動」，「他們改良臺灣的演劇，以爲文化運動開拓新境地的議論」。有些且「含有諷刺社會制度或激發民族意識的作用」（臺灣近代民族運動史），及啓蒙運動的美臺團，放映教育電影，且由文化協會旗下的青年擔任用臺語講解，教育民衆。同時，亦有人在臺中設立中央書局，及蔣渭水創立的「文化書局」，後來又相繼出版多種文學雜誌。我們的文化、歷史一定要綿續及發揚下去！

在一個日蝕月暈，文化顚倒，指鹿爲馬的年代中，所謂無史、無文，不過是先祖們義不帝殘秦，渴不飮盜泉，筆不記暴史，文不寫賊寇之大節罷了。

中華民族是一個承先啓後，繼往開來、有文史的民族，怎可能沒有歷史，沒有文字呢！如果日本人控制了學校、報紙，我們用歌曲、戲劇、舞蹈……將歷史、文化傳下去，在祖母口中，在榕樹頭上，在一切口傳記誦的方式中，把臺灣先人開墾，將中華民族發揚光大的歷史傳下去！

三、薪盡火傳

在寒冷的季節中舞起火來，向民衆高呼，向祖先鼓舞，向歷史學習，林懷民和雲門舞集的藝術家是極富有深意的。

一個民族的歷史，不能只用文字來記載，我們現在雖有了一套文獻委員會出版的「臺灣通志」和臺灣銀行出的叢書，但既不普及，也還是不够的，日治期間先人們捨生冒死的著作，也未曾好好的整理出來。確有點如連横所說「又豈非今日我輩之罪乎？」

但最重要的仍在，歷史不只是文字著作，尤其是過去屢與「文字獄」的專制時代。我們應通過各種耳語、口傳、記載、神話、故事；各種方式找尋我們先人的血淚史，我們更應從家史、族史，從地方志，從各種悲慘傳說中，追踪我們祖宗爲爭生存自由、爭民族獨立、爭公義平等的血淚奮鬪史！

我們也認爲歷史不只讓古文字的記載，黃春明等的小說，陳達的歌，洪通的畫，朱銘的牛，林懷民的舞，都應是記史的，懷念先民的故事，也表揚創造歷史的功迹，歷史應由所有人，所有文字藝術的方式，表現出來，發揚下去。

四、人的歷史

歷史要寫下去。

寫先人的歷史，更寫今人的歷史。我們以爲歷史是爲今天學習而寫的，是爲將來發展寫的。而非爲炫耀過去寫的。「祖先有跟後世來講起，咱漸漸日月呵，要過好日子」，祖先是希望我們過好日子的。

歷史要忠實地說，誠懇地講。在林懷民的「薪傳」裏，它說出了先人們初來臺灣的第一段，大意是由於傳宗接火，福建廣東的人們紛紛渡海來臺灣，剪除荆棘，備嘗辛苦，以闢田疇，經營都邑。這一節故事演得很好。尤其是他的主題在發揚羣體，齊心協力，共同開發這個意義上。表現方面，他們模擬了許多開天闢地時的勞動動作，如划般渡海，除石砍樹，墾地除草，灌溉耕田等，比平時見慣的，毫無歷史意味的，某些「蘭花手」動作，好得很多。雲門舞集在這裏創出了民族的風格，歷史的懷念。

但一切歷史都是人的歷史，人在這草莽世界上爲自己開闢一個以禦野獸，以避風雨，以蔭子孫的生存地方。林懷民只說出了最簡單的創世紀，再下去就不簡單了。

誰來寫下一段呢？誰來寫人怎樣創造社會？怎樣與異族爭生存，怎樣出現人欺負人的封建時代？怎樣人爲自由、平等、天生人權而犧牲而團結而奮鬬而終獲勝利這一段歷史呢？

誰來寫這一段呢？可能這一段才是眞正的人的歷史，可能這一段更是祖先們最值得我們學習，值得我們鼓掌的地方。

五、展望

我因此對這個「薪傳」的舞蹈有些保留了。不知道是否舞蹈本身的缺乏說服力，還是「薪傳」本身沒有交代清楚。我很不容易感覺到他所想要描述祖先們開闢的苦況。（不管是「辛苦」有什麼可述的地方，爲了忠誠記錄！）在冷氣間裏，看見一羣精神飽滿的青年男女，喜氣洋洋的象徵一下，我們委實體諒不出來。傳說林懷民爲了教團員體諒一下石頭的重量，帶團員們去新店溪畔郊遊，搬拾石頭，練習勞動的身姿。想來還是風雅得很，但臺北近郊荒地還有不少，如果眞正要體諒一下，爲什麼不可以去「開闢」一方來試試。也許更容易一點，不妨到農村去跟農民生活一個時間，或幫他們鋤田，收割一下。因爲在新店溪的郊遊是沒有「結果」成份的，「勞動」如果除去「生產收成」這個觀念，恐怕不外遊戲而已。祖先們當年「誅荆榛，立阡陌」並不是爲了遊戲，而是爲了「生存」，爲了

天生定要來此開墾
將來要度子和度孫
要給子孫好食睏
祖先留給後世好議論

生存不是遊戲。在這裏，我感到純舞蹈實在表示不出來了！生命是一場永不休止的戰鬪，我們可不可能帶嬉戲的意識來模擬它呢？也許這是藝術上普遍的遺憾吧？我總覺得「雲門舞集」即使在這個極其健康的題材：臺灣史上，還是脫不了它的西方陰影！一方面是西方的頹廢，蒼白，虛無的哲學觀念，反映在薪傳的舞步上面，就相對地缺乏力的感覺，它的韻律也因此在漫長中顧影自憐，有時甚至和音樂也配不上。一方面是藝術本身的專業化，長久以來它是脫離了生產線而成爲欣賞娛樂事業。反映在「薪傳」的舞劇上，也相對地顯得疏離和沒有整體觀念，也許在高山族的

豐年祭中，我們仍舊能意味他們收成後樂極而舞的甜蜜，在薪傳上，這些勞動動作一時頗不得調合，整個劇也不太有連貫的意味。藝術表現上似乎有點不完全了。

但是，這是一個好的開始。

這還是一個文化整形期，舊的和新的，歷史的和現在發展的，西方的和中國的，勞動的和純智力的，羣體的和個人的……一切都在溶合，一切都在混雜，一切又在等待着新生！「薪傳」舞步不穩嗎？不要緊，我們還在努力中。「薪傳」有點中西混血的感覺嗎？不要緊，文化本是「雜交」而生的。「薪傳」分場混雜不清楚嗎？不要緊，發芽期種子不分優劣的。「薪傳」有時忘了「歷史」嗎？不要緊，我們的歷史得重新寫。「薪傳」的燈光、音樂、場具……都未調合一致嗎？不要緊，我們也在學習團結起來。「薪傳」很少描寫苦難的眞實嗎？不要緊，即使是苦難，我們也要學習呵！

中華文化到了一個平原，一個曲折點，然後必定要進入更開揚的清風旭日的時期，我們重新學習歷史，學習現在，林懷民和雲門的友人已走上了這一步，我們期望他們更向前邁步，朝深處走，向全面看！

歷史——思想起——
就是負講也攏總知
一年徙居，三年被破壞，
好歹呵，子孫吃落肚腹內，
若有元氣以後望將來。

步伐

——談「廖添丁」的演出

林懷民又來了！

記憶中還不太久，在臺北最潮濕的這個多季裏，他適時送來了「薪火」，溫暖了不少中國民族魂的心靈，使他們在一個風雨如晦的歲月裏，能通過藝術又一次追迹先人們篳路藍縷，以啓山林，拒敵防倭，以保家國的步伐。

「廖添丁」是林懷民用舞蹈的藝術形式來表達「中華民族開拓臺灣史」這個系列的第二集吧？第一集是「開闢記」，緬懷祖宗們用血用汗來將臺灣建築成新的桃源這一段歷史。可是，開發的事蹟一經張揚出來，自然惹起我們的近鄰東洋鬼子的窺伺，貪暴地要據爲己有。因此，第二段歷史就是中華民族受到外力侵略，要奮起抗敵，爭取民族獨立自强的奮鬪過程的歷史。

這個過程必然地是「和着血淚相迸流」的。廖添丁是這個百年長時期來艱苦中挺民族、爭自由的一位民間英雄人物，也許我們該說是這一類我們中華民族靈魂的總和之化身，從臺灣民間傳說把一切掌故逸事都歸諸他的身上，可以看出：民衆對他的愛戴，正出自他代表了整個中華民族，在存亡的危機中，表彰民族正氣上面。

如今，林懷民把這個英雄史蹟搬上舞臺，我們也自然期望他更多，希望他在處身於「未濟終焉」的歷史轉折中，發揚出先人的待完成之心願，中華民族是要站出來，反抗外力，建矗一個民族國家的，「終南已見一燈傳」，我們希望林懷民的舞蹈也是如此。

廖添丁呵

廖添丁的故事是日據時代臺灣民間最著名的傳奇故事。綽號「神影無踪」的義俠廖添丁誕生在臺灣中部的一個荒僻的鄉村，窮困的環境以及社會的冷漠的刺激，逼得他落草爲盜，他練就一身伶俐的功夫，雖然到處打家刼舍，事實上是刼富濟貧，抑强扶弱，因而成爲土豪劣紳的尅星，自然也成了一般貧困老百姓的救星。就在他到處行俠仗義時，日本人佔據了臺灣。廖添丁雖只是一區區小民，却有着濃烈的民族意識，於是時時和日本人及漢奸作對，帶給日本治安當局莫大的困擾，日本人視之爲眼中釘，欲除之而後快。最後，廖添丁終於壯烈成仁了。他死了以後，葬在臺北縣八里鄉。臺灣同胞也爲他建坊，上書「漢之民也」四個字。

我們錄了馬水龍先生這一段話，簡潔地概括了廖添丁的一生俠義精神。馬先生特別爲這個舞劇寫了一首「龐大而有深度的管弦樂曲」，相信該是寫曲者及編舞者林懷民的創作主題。果然，在廖添丁的編舞大綱上，林懷民寫出了他的靈感來源，和繼承歷史的心願。

廖添丁共分爲五幕。

㈠序幕：大稻埕夜巷。

「月姐啊！小心些吧！你會給雲片遮沒啊！」

——楊華「黑潮」・一九三七年一月「臺灣新文學」

添丁跟警視大人開了個小玩笑。

㈡第一幕　大稻埕日人宅第。

「園裏的花不堪回首，一朵朵被人摘去了」

——楊華「黑潮」・一九三七年一月「臺灣新文學」

添丁路見不平，惹下殺身之禍。

㈢第二幕　大稻埕霞海城隍廟前。

「孤苦的孩子，膽子壯點吧！」

——楊守愚「孤苦的孩子」・一九三〇年「臺灣新民報」

添丁爲城隍爺解了圍

㈣第三幕　淡水河畔

「兄弟們！憑這一身，憑這雙腕。」

——賴和「南國哀歌」．一九三一年四月「臺灣新民報」

添丁對友伴說：「亡國奴的命運必需你我合力來解脫！」

㈤第四幕　大稻埕城隍廟前

「鐵索雖強　當着我們熱熊熊般心火，也要熔解」

——楊華「黑潮」．一九三七年一月「臺灣新文學」

添丁拒絕倒下去。

我們看得出來，林懷民巧妙地把當日臺灣最表現中華民族不屈服於日本異族的民族意識之臺灣新文學，織在舞蹈中。(這些詩句在李南衡先生主編的「日據下臺灣新文學」一書上可以找到。)因此，毋寧說，林懷民有意把廖添丁舞劇，當爲一個抗日中華兒女之史詩，來與抗日時代許多其他地區熱血的同胞的犧牲奮鬪，反無理欺負，爭民族主權的民族史詩相輝映。

民族的故事　民衆的故事

在這個龐大而有深度的史詩劇場般之演出上，我們發現，林懷民的夢想已逐步實現，最犖犖可見有幾點：

㈠有一個爲舞劇而寫作的管弦樂曲作爲「配樂」。

㈡即使還只有配畫作爲背景，但已大大超越以前黑漆一片全靠燈光變幻配影作爲背景。

㈢「古典運用」，例如浪人宅第一幕及其他廖添丁的個人動作舞中，林懷民把許多平劇上的工架技巧，如女子踩蹻功夫，及武劇中的拿頂、飛腿、翻滾，全都運用上去了。

㈣「鄉土美」，在霞海城隍爺前一幕中，舞劇出現了旱船舞、宋江陣，以及許多城隍生辰巡遊的民間樂舞百戲，極爲熱鬧。

㈤「人材鼎盛」，多年來的培植，我們確感覺到「雲門舞集」已逐漸成熟，燈光遠比以前純練，服裝也較爲適宜，人材顯然地增多了。特別欣賞到陳偉扮演廖添丁的靈活矯捷與林懷民的廖添丁却又是健穩忠憤，相異成趣。

無疑，這個舞劇林懷民編得很熱鬧，也許除了第五幕比較平淡一點以外，其他確已做到人所共悅，與衆同樂的地步，有人說，這是爲了把大批「有閒」觀衆吸引到舞臺前來的理由吧。我們並不特別地反對這個「雅俗共賞」的想法。

我個人認爲，雖然這場舞劇也許是林懷民近年編得最爽心悅目，算是一氣呵成的劇作的一個，最好的一個，但似乎仍有可改進的地方。

首先，我個人認爲，內容故事不够。不管在傳說上，在馬水龍先生的意像上，在林懷民的大綱上，或在我們自己對中國歷史、臺灣過去的緬懷上，廖添丁的故事都有它深遠的意境，然而這個劇作沒能充分地把它的精神表現出來。日本人對我中華民族所施的壓迫不只是在豪取幾個弱女子的美色上，而更在整個民族的不平等待遇上。臺灣同胞爲了爭民權、爭自由、爭平等洒盡多少仁人志士的熱血，這一點可惜沒有在舞中看見，而我們在正史上，在自立晚報葉崇理先生的臺灣民族運動史上，在黃師樵先生的農人和工人運動史上都看得見。我們也看見文化協會的活動，臺灣民衆黨與日本統治者爭抗的「擇善固執」的地方我個人以爲，在廖添丁故事中，似乎有把這個事件相連在一起的可能，例如著名的街頭演講和放電影演戲劇的事情。因爲有了這些可作背景的事，「廖添丁」才成爲史劇，也使觀衆能看得到更遠、更多的悲慘史實。

我個人以爲，傳奇故事劇和歷史劇本身是有大分別的。民族意識不只是說說而已，重要的要在表現方面。

其次，我以爲舞蹈內容也不够。舞蹈劇不是一個話劇去掉聲音對白，加上轉幾個身，而是眞正有適宜於用舞蹈演出的內容。也許是廖添丁故事本身的限制，似乎可以用舞來反映出現象的地方較少。因此，也要特別乞靈於日本浪人宅第這一幕的演出了。確實，除了這一幕和城隍廟一幕，用一些牛鬼蛇神走方步以外，其他的三幕加起來不足半小時。但我以爲還是可以加强的，下面再說明這一點。

其三、我以爲廖添丁這個人創作很不好。也許劇作本身不應正寫廖添丁，像這類神龍見首不見尾的，似乎有許多寫法，避免他的形象之破壞，與保留忠烈的精神之完整等等，但，假如正寫他的話，不妨把他重加人化和深化，就是說，本劇只是傳奇式表面地說說廖添丁的奇行怪事，而不談到廖氏本人的「感想」，其實，這是可以解決的，也許在適當時期，加上一二幕廖氏的單人舞或內心掙扎這一類描寫？或再加些劇情來敍述他的經驗？

其四、我個人以爲許多場舞頗有未盡其興，未盡其材的感覺。第一幕介紹廖添丁出場似乎太簡單取巧一點，如果學習電影的素描介紹上，則後面不妨用上電影放映機。最後一幕廖添丁殺身成功，又似乎未盡心意，他死不甘心的地方也點到爲止。不知是否有受到音樂的限制。我個人的奇想是，最後的一段可以沿用貝多芬的第九交響樂加上人聲旣表示悲憤，也表現臺灣同胞已由悲憤轉爲力量，要同心一致來推翻日本人的奴隸政策了。有時，舞蹈先天的缺陷或要用其他藝術來補足的。

但是藝術不是舊事史的重整，而是新歷史的發揚，那麼，我們可以這樣來考慮「廖添丁」嗎？是不是舊的嫌放得太多，而新的解釋又抽出來得太少呢？放進如飲酒調戲，或鄉土跳樂等大場面，固然是場面熱鬧，大快人心。可是，也會令觀衆迷失主題，誤解歷史的。

生在今一代的中國人，我們要怎樣把古今中外，舊傳統與新思潮，變爲今日的糧食，創造我們新的文明呢？然則我們所期望於雲門舞集和林懷民的，又豈只是一場舞蹈而已。

唉！人民廟堂

救主怎樣變爲死神

——人民教堂事件述要

最近一個月來，整個地球遭受到南美「圭亞那」內一個拓墾地區，有約九百個美國移民集體「自殺」事件的震感。究竟他們的自殺，是出於「自由」意志呢？還是由於迫害的結果？究竟人類的「理性」是什麼呢？這件事發生在二十世紀的今天，委實使我們迷惑，人類的文明究竟進步了多少？侈談「高層的文化」和「抽象的理想」的有識人士，也許更應檢討一下，俗世間還有多少人的困境未曾解決呢！宋王令有二句詩：

「不能手提天下往，

何忍身去遊其間」。

應是說給雙方聽的。

一、瓊斯和人民教堂（一九三一——一九五六）

要了解這個「新聞故事」，我們得從「瓊斯」這個人說起。（我們先談談該歷史；由美國新聞媒介來的綜合導報。）

瓊斯生長在美國中西部的印第安那州一個小城中，如大多數中西部人，他們傳統的保守，小城市民世界觀和宗教構成他們的精神面貌，他們平凡、和易，天性良善。他們大抵是早期移民的後裔，這些移民不是那些有貴族味道的「新英格蘭」移民，而是歐洲貧窮的合約工人。遺留下來的是他們那種要出人頭地的「白手興家」(Self-Made Man) 的個性，當然也因此大部分貧窮而保守，保守在中西部的小城中生、老、病、死過一生，一般說來，他們沒有什麼「胸懷大志」的慾望。瓊斯有點不同，有人解釋是由於他的父母仳離，他跟着一個頗有野心的媽媽長大之故。這些話也許由於傳說瓊斯臨死前，狂叫「媽媽」的一種合理化推論。據稱他的媽媽很希望他成為一個「救世主」的新型。

像美國一般青年的習慣是，早婚，而且很早便開始他們的「事業」，瓊斯未念完大學，由於他童年時代起，便對宗教狂熱，瓊斯未念完大學便到印州首府，印第納玻拉斯城 (Indianpolis) 幹起宗教職業來。據一般調查，瓊斯為人熱情，同情老弱，勇於助人，尤喜愛幫助受苦的人，這是他成功的最大條件。因此不久他在印城便闖出個局面來了。

原來他激烈主張教會應是什麼「種族」都可以參加的，可是，在美國中西部那種落後保守地方，種族歧視幾乎是「先天」存在的，瓊斯在教堂中傳道呼籲種族平等，自然受到大部份白人的不滿和咒罵。最後，他被迫離開，在貧民區中自己設立一個教堂。他意志堅定，百折不撓，爲了開設黑白合用的教堂，忍受許多白人的譏笑、卑視和陷害，爲了賺錢還教堂的債，他在一九五四年靠賣進口的小猴子爲活。在新教堂中，他立志要使它成爲種族和諧和自由主義的模範。他在教堂中設立免費餐，專門人員幫助人找工作，和義務醫療處。而且他鼓勵親友收養孤兒，他們夫婦就收養了八個之多，內有韓國的和黑種的。這是他一生最具理想主義色彩的時期。若干年後，他且被印城市長任命爲全市人權委員會的主持人。這所教堂也變爲第一座的人民教堂了。

二、「地上的神」（一九六〇——一九六五）

瓊斯成功了！本來他如果這樣默默地「救苦濟貧」下去，在我們這個錯誤和不正義的世界中，顯露一線曙光，那正是人間的事。但在美國這種社會中，要保持一個人的「純潔清白」簡直是不可能的，外界的誘惑太强了，瓊斯慢慢地變了「質」。這種變質分兩方面：外界的擴大和內心的演化。外界上，他逐漸變爲好名又好利，他認爲在美國這個資本主義社會，默默工作只是出頭的初步手法，他得依靠政治和財富來維持名利，他開始廣結政界名人、和投資地產來賺錢。另一方面，他內心把自己無限升高，逐漸他强調教友對他的忠誠、他的偉大，和他成神的理由。到了一九六一年，他竟公開宣稱他懷疑基督教的許多假設，例如「童貞女生耶穌」，甚至在傳道時把基督教經丟在地下，稱「太多人注意它而不注意我了」。這樣子他已變爲一個狂熱的傳教士，而非一個藉宗教來救濟貧民的人了。（按：這裏依據的是美新聞界的說法。）

這種行爲在他去巴西兩年後更爲强烈。（巴西兩年他的工作仍在賑濟貧民上，有人說他是爲了躲避「核彈」轟炸而去，但我以爲不應把一個有野心的人看得標準那麼低，不如說他想將他的「神旨」擴展到一個落後國家去。可是，在那裏，他並不能得到更熱心的追隨者，他只好失望而歸。一九六三年，他從巴西出遊圭亞那，可以推論說他一直懷有再開墾，建立一個烏托邦、新失樂園的雄心。）回美後，不久他便感到「印州」那種中西部的保守沒有發展餘地了。

一九六五，瓊斯移民到美西的加州來。在美國人心中，加州一直是一個「落後地區」。近十多年來，由於戰後繁榮，年老的人有閒錢可享天年，各地大批的老年人移到加州久居，才把加州人口增加到全美第一大州，但除了三藩市附近幾個大學城外，加州仍是一個很保守地區。瓊斯落足的「紅木谷」，正是一個殘破的木材業地帶，談不上爲文化中心。但就是這樣，瓊斯和他的一百多個從印州來的追隨者，建立他的神國。

有一本頗通俗的小說，Elmer Gantry，由辛克萊、劉易士寫的，後來且由 Burt Lancaster 主演，就是說一個走江湖宣假道的傳教士的一生。在加州，瓊斯的行爲和這個江湖術士牧師很相像。事實上，他的行逕已令人分不清究竟是手段還是目的了。

他對人說他就是「耶穌基督」。而且，他對聽衆說，人民需要一個地上的神，而非經書中的神。他在手段上且無所不用其極。他侈言他能用神蹟醫治疾病，更利用年老的黑人信徒，作爲見證人。他又恐嚇羣衆，說美國南方三K黨（種族歧視的極端主義者），和政府的CIA會殺害他們，只有他能保護他們。他是「神」。

三、從成功到逃走（一九六六——一九七七）

依現有的新聞記載，瓊斯在加州後期生涯是頗爲極端的。他成功地在紅木谷建立「人民教堂」後，便向大都會三藩市進攻了。他在三藩市中心的一個黑人聚居地帶買了一座教堂，同樣以社會服務爲號召，內設有很好的「戒毒醫療所」、「老人院」、「免費餐」、「木料行」、「托兒所」，……等等，且申請到州政府補助費，對三藩市貧民有很大幫助，自然口碑載道。另一方面，他的傳道方法極爲活潑，運用了黑種民族最愛的靈魂樂、聖樂、和舞蹈。他吸引很多的教徒。（人民教堂中有百分之八十爲黑種人。）而且，他把他們組織起來，去爭取民權，要求全市不分區，免受歧視待遇，遊行示威或寫信抗議，並幫助一些開明的候選人。總之，表面上他的行動獲得一致的讚許。

但實際上，爲了支持這個龐大的地上「神國」，他竟施行了軍事統治的方式。據說，他手下的組織頗爲嚴密，最接近他的有十多個「天使」，他們代表他來排除異己，防止教徒離開組織，並報復那些對他不予好評的人。其次他設有人民教堂計劃委員會，主持一些俗務。但大權擧凡殺人、沒收財產等職務，全在「天使」上面。

對敎徒來說，他施行頗爲嚴格且不寬恕式的統治權，他且鼓勵徒衆互相告密，指摘夫（或妻）、父（或子）的錯失，他要求徒衆的絕對忠心——對他的忠心稱它爲「父親」。如被發現不忠心，則當衆受辱，或施以毆打刑罰，他並要求所有徒衆皆將私人財產全部獻出來，甚至除自己外，孩子也要獻給敎堂。名義上是建立一個兄弟式友愛的團體，但有人指摘說，瓊斯本人和他的高級職員，及「天使」們享受得很好。這些手段使一些信徒覺醒而逃走，然而，組織方面會施行殘忍的報復手段，甚至於暗殺，來阻止逃亡潮。一般說來，信徒們有一部份（約三分之一）是屬於心理不正常的，其他三分之二是正常的一般民衆，但一當他們被醫療好，或被洗腦入會後，手段是把信徒們和他原來的朋友或家人隔離，終身不往來，他們除了敎堂外再也沒有寄託生命的地方。在獻出財產後，一身更了無保障，想逃也無地可逃了。更甚者是有些寫下「懺悔書」，描述自己的罪過，或留下文件照片，因而被「踢」或「捲」入組織內，這樣一來，爲了保持淸白，這個人也不會隨意脫離敎會了。但是不管怎樣，敎徒脫離的事情仍會發生，瓊斯在這裏種下了一個失敗的遠因。

我們也不太了解爲什麼瓊斯要放棄在加州那麼龐大的宗敎企業——據瓊斯自吹，約有二萬信徒，而且仍在發展之中。但遠在一九七四年，他已在南美圭亞那的東北原始森林裏，號召要建立一個「基督教社會主義」的社區，不少信徒已開始在那邊「拓墾」。似乎他有意在那裏矗立一個王國，但或者只是一個出路，事實上一直到一九七七年夏天，他仍留在美國加州，造成他決心離開美國的近因可能是他玩火玩得太大了。

三藩市是一個複雜的多元社區，不像別的大都市那麼單純，這裏有多種極端的人，極端的主張，瓊斯以一個外鄉人，居然來此搞政治。美國政治一直是由東部財團控制，這些財團是嚴厲的保守份子，和瓊斯的開明作風乃至與黑種少數民族，自有先天上的衝突，更何況瓊斯本身也是一個不擇手段的人。

瓊斯利用信徒們的忠心來進身政壇，形成一股「鐵票」的惡勢力，於是，政治競選時的候選人，需要聽衆或喧嘩擾亂，或需要「票」的時候，自會有人找上他。於是，近年來的選舉，從市長馬斯孔尼（最近被刺，不知有無關係），省長布朗，到總統卡特，到加州來競爭時，都少不了瓊斯一份人情，且在一九七五年，爲了幫助市長選舉獲勝，瓊斯被賞給一個三藩市的房屋局的主席之官，但也許他的上爬招人懷疑，終於有一本洛杉磯出版的雜誌新西部（New West）月刊，登載一篇據十個「脫離組織者」的供述，指出人民教堂內的黑暗，例如毆打信徒和濫用教會款項，移作個人享受之類。這種政治傾軋很使瓊斯不快，也許他感到加州已沒有前途，因此便把心一橫，遠走高飛，到「扶餘稱王」吧！他便到「圭亞那」去了。

四、自絕——唯一的出口

瓊斯率領了大概一千多人到圭亞那的熱帶野森林中開墾他的神國，爲了宣傳和保持在美國的影響力，他且發行海報傳單和廣告新聞影片，來推銷這一個烏托邦。從圖片看來，這確是一個很「美國化」的新社區，有當年「五月花人」到美國的味道。例如已開墾的九百英畝地內，設有學校，一萬册的圖書館，相當完善的醫院，托兒所，一座頗大的有蓋禮堂，平時供學校用。而且建立的房屋設備的水準，都在當地圭亞那人之上。而且最重要的還在沒有種族歧視的問題。

可是，這樣一個「殖民地」談何容易。在一個熱帶多雨的野叢林中進行翻天覆地的農業墾荒，非數十年以上不爲功，而一般到圭亞那開墾的，並不是强有力的勞動力，事實上，現在的美國人已遠比不上當年有的拓荒精神，這些人都不是農人出身，種植外行。因此雖則號稱是一塊爲圭亞那人的農業示範地，事實上，他們自顧不暇，收穫的並不够作食用糧食，僅靠積蓄支持，因此「殖民地」內一省再省，肉類由每天二餐供應改爲每天一餐到後來只能供應米飯及一些蔬菜。而且工作頗爲艱苦，早上六時起床，（由播音機强迫召集），在田內耕種十一時以上，很少休息機會，（說有監工看守。）大都患有營養不良症。而且，營區內瓊斯强逼徒衆採取一種清教徒態度生活，男女分隔居住，夫妻性生活要通過關係委員會的批准。如果生活上犯了錯誤，例如偷飲酒或通姦，對瓊斯不敬、批評、不肯交出私產、或想逃跑，則採取嚴厲體罰及公衆侮辱的方法。但有些人仍要逃脫，大都通過他們在美國的親人設法，這些親人把消息漏出來，便促使這件悲劇的提前上演。

引起一個美國衆議員賴恩注意這件事有幾個原因，第一是有一些脫離教堂的人莫名其妙的死了，疑是教堂殺手所爲。第二是傳說瓊斯每月在信徒中，收到近六萬五千美元的養老金。第三是傳說瓊斯厲行勒索、人質、肉體和精神的折磨信徒們。第四是瓊斯財產已達一千五百萬美元，常作自我享受。第五是在人民教堂殖民地上，每天晚上瓊斯都召開大會，從晚上七時半到凌晨三時，由瓊斯胡吹恐嚇，說外在敵人如美國軍隊或CIA會怎樣威脅他們的生存等等。第六，更可怕的是，瓊斯常命教衆作死亡演習，叫他們呑一杯毒水來表示他們的忠心……這些謠言都使衆議員賴恩着急，而衆議院又因「宗教自由」及「國外居留」不肯干涉。所以賴恩決定冒險一行，親眼看看這個「殖民地」怎樣的情況。他率領了新聞記者一起去。最初瓊斯不肯讓賴恩入境，認爲這又是美國政府的毒計。後來經他的律師所勸告，對賴恩作一個盛大歡迎。但不久賴恩便發覺很多地方不對，有一些信徒面目呆板，行動是裝出來的，而且不肯與人交談，也發現信徒居住地方狹小可怕，完全沒有個人生活。但最令他困擾的，還是有人傳遞紙條，請求他帶他們全家離開返美的問題。經由他直接詢問時，瓊斯勃然大怒，他完全不能接受別人對他的不忠心。

當賴恩要離開上飛機時，眞的有十多人要脫離「殖民地」返美國。瓊斯不能忍受，他派殺手去機場狙擊，槍殺了賴恩和幾個新聞記者，然後他召集教徒，一同在大禮堂內服用一種速死的氰化物毒藥。很顯然這些毒藥早就準備好作自殺用的，使人最不能了解的是，究竟自殺是由於宗教還是害怕，但很少聽到人說，早就準備好自殺的。

圭亞那這塊殖民地一共死了九百個人。

五、上篇小結

我們的故事，是根據「美聯社」、「新聞週刊」、「時代」等新聞媒介綜合覆述的，難免也有個人的淺見和安排，但幾乎內容都是這幾個消息的來源。

我們相當肯定，這種做法一定要偏袒。在「成者爲王，敗者爲寇」的心理下，瓊斯一定早給人駡死。我們也認爲，新聞媒介是靠不住的，但目前也無他法來證明，最遺憾的還是看不到瓊斯方面的說法，一面之辭是免不了的。

但我們仍把它寫出來，因爲這個故事確爲近年最震撼人的故事，也使我想到了一些問題，下面我試來分析一下，還請讀者多多指正。

歷史在那裡？

——對「人民教堂」的幾點初步反省

「人民教堂」九百多人的「集體自殺」的死亡事件，也許需要一段較長的時期，和較多的各類不同的專才來了解和討論，才能達成一個明確的較全盤的認定，或者這樣才能評價它的歷史地位。老實說，我們現在並沒有足夠的資料來解剖這個「現象」，不只由於目前許多「情況」仍在保密中，有關係的活人或在逃亡或在生命安全威脅中，不能出現；另一方面，更由於我們手頭所有的，不過是一些美國新聞的報導，加上美國財團所控制下，專出版推銷「美國牌」優良產品爲能事的二大新聞雜誌：「時代週刊」和「新聞週刊」。這兩個雜誌雖然記者滿天下，但「美國至上」的心態顯然。像人民教堂這類因「現實苦況」而出現的美國不富不強的一面，他們口誅筆伐，倒果爲因，觀點實在不是一個正常人的，更不是一個此時此地的中國人的觀點。因此，用這麼稀少而不齊全的資料來談論那麼一個重大的「歷史事件」，很易犯錯誤。下面嘗試的解說，是在不得不假定大部份二本新聞雜誌所說的皆有根有據而作的。如果將來發現錯誤，我們再作更正！

「時和潮」皆不等待，只能用有限之生命，努力作無涯的事而已。致歉。

一、嘿、美國嗎!?

困擾人的問題第一件是：

「究竟爲什麼『人民教堂事件』會發生在美國呢?」

從歷史發展的規律來說，這類事在任何國家皆有機會在目前出現的，世界還不理想得緊!但使人驚惶的是，偉大的美國人或美國書不是整日在鼓吹，美國是人類歷史上最富最强最什麼的偉大國家嗎?爲什麼高牆下出現陰影?偉大得必生紕漏呢?

其實，美國是眞的最富最强嗎?依絕對値，因爲當今人口比古代增多了很多倍，不能說不是，但相對地來說，美國的强悍比不上中世紀時代的蒙古人，或亞、非的回教徒帝國；也比不上「萬邦來朝」的隋、唐中華帝國。從「征服的强者」方面來說，亦遠不及秦朝或古羅馬帝國，至少當時已知的「文明範圍」內，都盡入他們的版圖了。所以，美國固然發了兩次「世界古國大戰」的國難財，但美國在「文明」所造成的困擾絕不在世界任何國家之下，更別提歷史上某些古國天下大治的情形了。因此，這類「人民教堂」發生在美國無疑是比在其他國發生得更爲正常了。

美國是一個多種民族混合的國家，而且這個國家的建立，是完全沒有歷史條件的，只是爲了一個簡單的地理因素而已。它的民族不是一個「歷史共同苦鬪」的民族，它也沒有一個民族性的「文化發達」的過程，它的國家政制成份不是「抄襲」便是「拼湊」，所以它的內面充滿了矛盾，自然，也許這些「矛盾」造成了一個「新型」的國家，也促進了它的某種國家特性，由「冒險者」到今日的「跨國公司」，由「拓荒者」到今日的「世界性警察行動」，累積成今日的財富，我們知道，當日列强倡議瓜分中國的時候，美國人一方面派船隊圍巡東亞臺灣海岸，一方面叫出「門戶開放」，目的不外要求「分我一杯羹」的利益而已。百多年來，美國國家的特性絲毫未改，如果依凱恩斯經濟發展的定義推論，美國的國家進展所憂慮的不在膨脹而在於收縮。所以非要向前滾動不可！

美國國家發展初期，不外兩個大的社會條件，發展縱的方面是「開拓者精神」，一往直前，爲生存競爭的精悍氣概，橫的方面是境內四大民族因素的平衡。第一種是「五月花」號來的英國貴族殖民，也是一直在美國社會上的上層份子，第二種是境內的原有居民——紅種的「印第安」民族，他們一直不肯與白種移民合作，永遠爭鬪下去。據說也因爲他們不肯做白種移民的牛馬，寧願死亡，所以白種移民爲了要多得財富，必要把紅種居民的土地搶走，來「開植」這些土地，但他們勞工不够，紅種民族又是不願做奴隸的人們，只好向當年受歐洲封建主和戰禍所壓迫的貧苦白種勞工着手，他們召請了大批的「合約工人」到美洲任農場苦力，到了後來，連這種工人也不够，且他們也會自尋發展，自己到中部開墾去。因此他們同時在非洲購買了大批黑種移民來當奴工，製造了大批死亡和悲慘的歷史。

美洲這種歷史嚴重地製造了社會上的矛盾和不安，民族間的張力和不平衡，因而追尋「安全感」的心理，瀰漫在社會的空間上，因此在長長的美國歷史上，產生了不少精神上的病患，也形成了美國人今日的「商業與流行主義」，缺乏「歷史正義」的原因。「人民教堂」的出現正反映了美國內部種族、社會經濟，種種情形吧！

二、僅有陽光仍是不够的！

有一位近代美國作家 Nathanael West 在近作「蝗蟲的日子」，（亦攝成電影問世），諷刺近年美國人紛紛作蝗蟲西飛的奔向加利福尼亞州，逃避其他地區的保守落後與紊亂，他寫：「他們除了加州這個陽光和橙子的地方能去何處呢?可是，他抵達以後，他們發現僅有陽光仍是不够的啊！」

可是，他大概不明白，加州目前正是美國歷史的縮影，其他地區，有些發達得有點太熟了，有些則由於歷史的轉向而萎縮。加州，曾是黃金海岸，如今是他們最後的避難所，滙合了四面八方的好漢。據說加州的人口一半以上生長在外地，以美國死亡人口算，差不多有百分之七十五人口死在原誕生地，這確是龐大的外流力。也因此，近年來加州社會問題最多，舉其犖犖大者，見證到他們到達後的由絕望而胡爲的情形：

㈠一九六〇年，「必癖」這羣不滿現實青年聚居三藩市。

㈡一九六四、五年，民權事件，全州騷動。加州大學罷課事件。

㈢一九六七年「嬉皮」在三藩市大鬧。

㈣一九六八年，洛杉磯「活特街」黑人不安事件。

㈤一九六九年，卜奇利城的「民衆公園」大亂。

㈥一九七〇年，黑豹黨活動，倡議反對白人統治。

㈦一九七〇年，學生反越戰罷課事件。

㈧一九六八——七四年，自稱「Zodiac」的殺人犯，六年間殺死三十七人，且公開寫信到報章揭發。

㈨一九六九年起狂人Charles Manson在洛杉磯組織，號稱「一家族」，强迫他人入此「原始魔教」團體，最後殺死八人，中有一名女影星S. TATE。

㈩一九七三年，七頭蛇黨人在加州到處擾亂治安，倡議鏟除不平，搶銀行、黑郵船等來刼富濟貧，結果被警察發現，活活燒死。（出現在現場電視轉播幕上。）這都是比較大的案件。這樣結論大概有一定的現實根據：

由於社會的矛盾不能解決，美國人到處逃竄。但加州已是最後一個「修羅場」，除此之外已無地可逃。因此，最後僅以死殺告終，這不僅是近代加州人的悲劇，也是美國歷史發展的悲劇。

三、「理性」的悲劇

也許最大的悲劇還在他們尋求解脫，因而崇拜非人的超自然的宗教！我們要了解的是，這種「神秘」的吸引爲什麼到今天——「理性的時代」，仍是那麼滿具迷人的力量呢？

人類找尋「宗教」來擺脫「俗世」的苦惱。這種無可奈何的解決方法是跟歷史一同存在的。一切宗教都有發展的歷史，在原始階段，都是帶迷信和神秘的魔教法一般的，廣義來說，一切宗教莫非魔教，而且人類文化大半從宗教開始的。

但是，隨同歷史的發達，人類擺脫巫覡而走向理性，也擺脫了魔教而走向高一層的人性活動，例如政治的，或經濟的。當然，水漲船高，魔教也披上文明的大衣，而變爲人類文化的某種指標之宗教了。

在歷史發展的演化中，由於宗教和政治衝突而惹起流血及大屠殺事件，見之歷史的血頁不少。

舉一個中國本土的早期故事爲例。

「後漢書」『循吏傳』載：

「（劉寵）三遷拜會稽太守，山民愿朴，乃有白首不入市井者，頗爲官吏所擾。」

當時浙江會稽風俗未開。同書『第五倫傳』：

「會稽俗多淫祀，好卜筮，民常以牛祭神，百姓財產以之困匱。……倫到官，移書屬縣，曉居百姓，其巫祝有依托鬼神，詐怖愚民者，吏輒行罰。民初頗恐懼，或祝詛妄言，倫案之愈急，後遂斷絕，百姓以安。」

這個案件，我們不太清楚內情。一方面是中原文化到了東南沿海，與該地山越民族有隔膜現象，惹起衝突，但不知結局如何。歷史不是如書中倡言，「後遂斷絕，百姓以安」那麼簡單。從三國時代，孫吳尚致力征伐山越，可見民族文化仍未完全混合在一起。如果依田橫五百義士死於孤島例子，恐怕也有這類悲壯歷史事實，也是說，這件事如果當時「第五倫」縣官處理不當，可能就是「人民教堂」的古代版了。

在中國，這一類教案似乎歷史也特多，漢代的張角藉黃巾道教而起兵，「晉書」『石季龍載記』所記安定人侯子光聚黨數千人於杜南山，最早藉佛教以圖作「亂」的。以後教案多如牛毛，即使如韓林兒、朱元璋也依此而爲。明代唐賽兒，或清代林清等依「白蓮教」而反……因此而致死的小老百姓，或身爲教徒，或爲兵燹所殺，都屬歷史悲劇。

問題仍然是，爲什麼仍有那麼多人走向宗教呢？像「人民教堂」的出現，是否歷史的必然？

像美國這個充滿矛盾的國家，由於民族成份的複雜，出現的邪派魔教很多，「時代週刊」曾說過近代的開始是，在十九世紀中葉，南北內戰之後；第二次是第一次世界大戰之後，直至經濟大恐慌時代；第三次是現代，七十年代的現代，人們又因為各種不同的「恐慌」而追尋「逋逃藪」，但是，桃花源在那裏？救世主又是誰？

「Elmer Gantry」的電影故事自然是從一個眞實的江湖巫師轉變過來的。大概是一八四〇年，一個名叫William Money 的人，自吹說曾在紐約城遇見耶穌，然後到了加州，作假見證，說世界其形如魚，賣假藥粉，騙了五千人的錢，最後因為搞政治，為新聞界發覺他的虛僞。這類江湖故事不知有多少！相信「瓊斯」的故事和他的性質也頗相近。

另一方面，眞正的治世救人的教士當然也很多，由於歷史上都記載的是「不」正常的事，反而湮沒無聞了。可是，歷史本來是由「正常」來的，不必為之嘆息。正如人說：「偉大的都沒有名字，有名字的才會被人忘記。」

四、桃花源的下落

從前我們念「桃花源記」的時候，總常想到它的結局該是什麼？像原文所說，再去找時便不見了，當然是假的。假如人間眞有其事，則不外是山的那一邊，翻山便可以找到了。事實上，古人因戰亂之故，舉家一齊搬遷到別地求生，在古代那些瘋狂殺戮的歲月裡，想來避到亂山深處，一個小平原裡是很自然之事。問題倒在，亂後太平，那麼這些「避秦之人」怎樣再回到原來的大社會去呢？

想來結局是，慢慢地四周開闢起來，然後與外界漸有交通、貿易、婚嫁，甚至文化交流等。桃花源的結局大概如此吧？

近代人的故事也有這麼一個插曲。

美國愛奧華州有一小地方，名叫「阿美高」村，內中據說全是歐洲移民，他們過着封閉性的社會生活，已有百年歷史，一向自給自足，而且蓄植皆屬於社會，正所謂「天下爲公」的團體生活。可是到了今日，年輕一輩已不太滿足這些太保守的農業社會型態，也有惑於外面的花花世界，要向大都市發展，這個村莊據說已到了接近式微的階段。也是說，溶化入與其他地區無異的「商業競爭」社會了。

但還有別的故事。

在美國加拿大的中西部大草原上，生活著一羣以宗教（Anabaptist）爲中心的德國種民族，叫Hutterites，這民族歷史遠從一五二八年成形，但北美種族約自一八七四年搬入美國。到一九五〇年約八千五百人。（科學美國月刊所登載的報告在一九五三年出現的。）他們羣居在一起，篤信宗教，信仰和平主義，所有財產爲社羣公有，過最簡單生活。農業，而且是高度科技化的農業是他們社會的職業，他們不准有收音機及電視，教育到小學爲止，他們穿同樣的衣服，輪流做飯吃。他們每天看「外界」報紙，（事實上，他們並非住在深山，和外界很接近，且每村莊都有電話）思想自由，雖然「每日」都有宗教活動，但他們的宗教包羅萬象，什麼難題都有明確的答案。

總之，他們過了一百年的簡單平淡的生活，但奇怪的是報告指出，很少「精神錯亂」的象徵，在他們故意與外界隔離的小團體中，也沒有謀殺、嚴重暴行、性犯罪、放火等。在百年歷史中，很少人離此而他去，也很少人加入這個社團（他們規例限同宗教方能通婚的）。

奇怪的地方當然在於他們沒有「桃花源」。但他們有强烈的宗教和社會行爲，才使一個十六世紀的農民宗教文化，竟能在二十世紀，保存他們的價值和信仰，最少還沒有到解散的地步。

我們可以這樣解說，一來他們沒有「桃花源」這種「聖地」，他們生活在平淡中，更容易活下去。二來他們無所求，他們希望最簡單的生活平衡就够了。第三他們並不爲「逃避」現實而找尋「宗敎」，「宗敎」原只是他們生活的一種方式。第四是他們生活宗教中不准有私，由沒有私產、私心，到不准有肉體侵略，只能問己之過，不要整日想人之錯等。假使這成爲社會公法，那麼正如楊朱所云：「傾天下與之而不爲」，世界也有某種的大同了。生活在「桃花源」裡，反會有形而下的不同了。若一個號稱爭取自由和幸福的個體，竟用强逼的方式要求他人反其道而行，會有什麼衝突的結果呢？

蓋亞那的「瓊斯城」當然不是桃花源，最少不是後期的「桃花源」，我們也不了解他們的「避秦」意旨有多深。因此，自然對他們的「集體死亡」產生了懷疑。

「一死了事」是否能解決問題呢？

迴響

新的開始

他們死了。

在這年代，大批大批的人死去，「死亡」已不是很令人驚訝的事了。例如在電視機前就可以見到的，或是中東不休止的紛爭、或是南非洲，北愛爾蘭的流血，無怪黎巴嫩有一報紙嘆息：「我們四年來也一直製造集體自殺的。又有啥新奇呢！」

但我們仍感到這件事的悲劇性。他們死後的問題比生前還要多，似乎又勾起了許多歷史。例如公元七十三年，猶太人爲了逃避羅馬帝國的搶掠爲奴，九百三十人自殺。或十七世紀俄羅斯正教的農民反對改革，數十年間有二萬人棄家自焚抗議。中國歷史上，這類抗議事件亦不少，例如儂智高、方臘：都是這一類的典型。在人類歷史進化的狹谷中，爭取生存與理想的衝突，何其之大，瞻望這個時代，我們也忍不住問，何處才是桃花源呢？

在將來的歷史中，可能瓊斯的故事僅有短短二行：

「二十世紀中，美國人瓊斯，有感於社會之不良，乃攜族乘桴浮海覓新桃源而去，後外界壓力加大，無路可逃，遂舉族自殺。」

對「人民教堂」事件，我們不明白的關節點也不少。究竟「瓊斯」爲什麼要由印城遷到加州？從加州遷到蓋亞那是否只爲了一些謠言、幾篇文章？那麼龐大的計劃，自非長久計劃不可！瓊斯本人是否如傳言所說「瘋狂」等等？以他的方法和行逕來論，僅能說他是個熱情「過度」的羅曼蒂克的人。他的「爲社會服務」之心倒是很長，且也很有用的。

我們也不明白爲什麼一定要槍殺美衆議員賴恩等等，這些暗殺是不必要，而且也解決不了問題的；剛相反，適足「暴露」問題的眞相而已！自然殺議員和「自殺」是同一件事，缺乏現場目擊者，零碎的報導，讓人分不清爲什麼一定全城人爲此行動而殉葬——是否公意？再說瓊斯一個人自殺恐亦足够了。

也許這個煩惱由「宗教」而來。凡是不能面對現實的一定會逃到「形而上」解決方法，因此他們會說「我們今日死亡，明天會在天堂見面！」明天？天堂？我們不知道！更重要的乃是，死者已矣，這些「自殺」能改變什麼生存形象？改變什麼人的命運？

我們認爲「瓊斯」可能宗教味太强了。他逃不了。他不知怎辦！黑格爾曾在「宗教哲學」上將宗教分爲三個時代，第一是自然魔教時代，第二是社會宗教，第三是絕對的宗教，自由理性的宗教，我不知道黑格爾在他那個封建帝國時代，怎樣求自由和理性？一般情形是，由不爲執政者公認的自然魔教時代到絕對宗教時代，有一個長期的合理化過程，這樣出來的理性，恐怕也是書本上抽象的而已。另一方面，不管原始魔教帶有多少迷信和限制，但它是自然生長的，合乎一部份人的需要，反而更能解決人的問題。

可是，雖則「理性」的「自由」的宗教轉化成一種人的制度，它漸與人的制度社會連結在一起，它是屬於某一時代的高層文明，也是說已被認爲是歷史主流了。因此，它佔有決定性的勢力，不是它能解決人的問題，而轉是人要通過它來解決問題。這是最大的悲劇吧！

瓊斯的問題也在這裏，他並未曾認清社會的病癥，他本人也沒有解決的全盤計劃，最初他只能獻身，後來在他周遭已結一個繭。可是他的理想是什麼呢？團結一大堆遭美國社會「遺棄」的一羣，他只能學當日「五月花」一走了事。但世界已變了，再也沒有洞天福地了，我想，在這裏瓊斯已完成了他的悲劇故事，卽使他是爲尋理想而去，由於逃避，他毀了那個理想。因爲如果不發生在今天，那麼，以後這類事，或「脫離團體」的人仍會發生的。以「逃避」來解決問題，必然以逃避來結束，這是歷史的定律吧。

我們在這裏，忽然想起了那句老問題。

歷史在那裏？

瓊斯在尋求歷史？還是把歷史送終？可是地球仍是一天一天的轉下去，受苦的人不因他的「自殺」而減少？也許他應再一次移民，移回美國去。如果美國有問題，那麼問題應在美國解決，我們一定要在我們的「鄉土」上來解決問題，自由、平等、博愛只有在那裏生長，才能盤根在最堅固的基石上。瓊斯做錯了這件事，他的血的敎訓應使我們多了解一點歷史吧！

人間的條件

——論「人民廟堂」事件

一、歷史的條件

此文發表的時候，恐怕「人民廟堂」的事件已經被大多數人遺忘了。確實，在水流源長的歷史中，在千奇百怪的二十世紀裏，在一個接連一個的歷史爭相脫離幻想而出現的現在社會內，這一件「偌小」的歷史事件又算得什麼呢？伊朗民衆罷工，反對專制，越南民衆逃難出國，中東諸國槍戰紛亂，非州殖民地爭取獨立平等，……這些都是震憾世界的歷史事件；在這個紛亂不安的世紀中，早就產生了一個像「希特拉」那麼樣的非理性的殺人犯，殘害了無數的「人權」，這是個正義顛倒的時代。一件慾望與失敗的故事，只配放在歷史大書中，半行附註而已！我們原不活在「神話故事」中！

但是，我們珍惜這九百多個生命，因爲它出現得不平凡，也許代表了一世紀來某些「弱小」的掙扎，追求「理想」而至玉石俱焚的悲劇；也許更代表了我們已走上了一個新時代，想要另闢新桃花源這條路也走絕了。我們必須正視我們的現實的地球，它究竟是怎樣的世界呢？我們又要怎樣來改造它呢？

「當世界成爲一個動物籠，或人成爲完全的人時，歷史便終止了。因爲歷史是人在不斷地使他成爲完全的人，是人在千百萬年來曲折地向上，不斷地努力來使他脫離其他的創造物，而自成一格的歷史。」

人一直在追求更美好的生活，夢想着蓬萊仙境，追尋着上帝的樂園，也同時積極地繪寫和計劃烏托邦，並不顧一切的要實現它！由非理性到理性，由匱乏到豐裕，由貧病到健康，由遺棄到博愛，由犯罪到良善，由分裂到合一，由歧視到平等，由專制到自由，由禁忌到開放……人類蜿蜒的歷史就是這樣子發展出來的。

可是，在歷史崎嶇的發展過程中，人類命定地要組織國家來追求理想，一當這個「國家」和個人所處身的「社會」不能合一時，結果便是造成「悲劇」。頓尼斯（Ferdinavd Tonnies）把社會分爲兩類，通體社會（Geneinschaft Society）和聯組社會（Gesellschaft Society）。通體社會是由血緣的眞實發展的有機體，如家庭、階級、鄉族、宗敎團體等；聯組社會却是個人的理想發展的機械體，如國家、政黨等。人生活在社會（通體社會）裏，但却經由國家來舒展他的理想和存在。

在一個上升的時代中，社會常和國家步伐齊一，追求相同的方向。但在一個價值崩潰的時候，國家可能成爲一個統治權力的集中，甚至可能是非理性的，漠視人權的，甚至是「理想」的機械化表現，失去了主動維護自由和公平的功能。相反地，社會在一個民族的普遍下降時，也常因缺乏理想主義的引導，找不到進步的方向而走向俗世的享樂，或自求解脫地結成集團，以一種神秘教義之「小羣」出現。它强悍地自立和自絕於外界，甚至非理性地用暴力來保證「生存」，我們所見到的便是其找尋「烏托邦」的過程。可是，對於這些傾向，與其美化它以爲它具備着濃厚的理想主義和犧牲精神，不如把這些人看作末世主義和逃避現實的找尋解脫，最少，他們這些被「國家社會」所「欺負」的人是這樣開始他們的理想國的。在一個價值崩潰的年代中，舊的未去，新的却又沒全出現。歷史上人類用理想代替救世主，用國家代替巫師帝王，理論上成長爲獨立體，事實却大大不然，他們所新組合的「小羣」旣無實權，發生不了嚇阻作用，也不常能結爲實體；對他們來說，國家不再是解決人的不幸的機構，人只能通過國家來解決不幸，必然喪失在森嚴的官僚體系中。最初的理想和建立國家來維護這種理想變成二件事。價值崩潰，人淪落到沒有救世主活不下去的進退維谷中。

美國代表這樣一個例子。三百年前五月花帶來一批在歐州「活」不下去的殖民，逐漸在曠野養成他們的自由與平等的理想，於是他們建立國家，宣佈「獨立宣言」：

我們認為真理是不辯自明的，一切人是生而平等的。造物主給出了不能分割的權利：「生活下去」，「自由」，和「追求幸福」等都是。人為保障這些權利，建立政府。政府經過被統治者同意，而具備些該有的權力。如遇政府的形式妨害這些目標時，人民有權加以變更或廢除。新政府的設立依據的原則和他的權力所採取的組合形式，必須是人民認為最能保障他們的安全和幸福的。

可是，一切人不外是「五月花」上的新貴族，它並不包含紅種人、黑人、和西歐來的「合約勞工」。「宣言」一開始便在「不平等」下奠基，根本上美國獨立也只是因反抗而被動的組合，談不上共同理想的權益妥協，到後來政府更成為這種權益的保障，平等、自由、追求幸福等遂有國內外的雙重標準存在。國家在一方面堅持它舊日的「理想」，在另一方面必然為維護這種「理想」而犧牲別國人，甚至犧牲本國中不同意的，或趕不上發展的分子。這是歷史的悲劇。

二、存在的條件

「人民廟堂」是最新上演的美國悲劇。

我們研究美國的「人民類型」時，除了極上層的權力優選分子，自稱「美麗人」(beautiful

people）的有錢有勢者外，還有一大羣所謂「沉默的大多數」（Silent majority），構成美國人民主要的成份。可是這些沉默者之中，有甘心保持現狀的中產者，也有在貧窮低層掙扎的人。「美國的另一面」的作者漢靈頓估計後者有四、五千萬之多（約佔全美人口四分之一）。劇作家奧凱西（Sean O'Casey）就如此描寫：

終日困擾，終日哀傷，不容鄰居，直到死亡，這是他們一生多彩多姿的寫照。

這些人生活在貧民窟，黑人區中，父母不容他們有溫飽的生活，國家不給他們有可競爭的教育，（一般貧民區中，中小學校無論在師資、設備、及課程上都遠不及白人區的學校，這是今日所謂「强迫合校」Busing 的來源。）社會又不帶領他們新的希望，事實上，教他們活下去也有困難，他們在現實的邊緣等待着……

再下去便是更悲慘的了！他們如果在生命過程中遭遇過某些不幸，犯過某些錯失，他們就會變爲永不翻身的被社會遺棄的一羣（Social Rejects），如：制度下貧窮者，階級性失業者，年齡上受排擠者，貧苦中無路可走者，悲慘中逃避現實的吸毒者，窮困中偷竊犯者，年老無倚靠者……這些人能到那裏去呢？事實上他們的一生好像都在社會制度的邊隙中過活。他們不是工人，若是能在生產線上工作，最好的是在薪金少，工作時間長的「服務性」工作中打散工，日夕在失業、疾苦（無保險）、營養不良的惡性循環中輾轉。入牢、生病、意外事件、家散人亡、孤苦零丁、被欺侮……是這些人的經常遭遇，他們到那裏找到「生命線」呢？

「鍾士」和「人民廟堂」應運而生！

誰來關心那些被侮辱和被損害的人呢？也許鍾士一生都在追求這句話的答案。年僅二十歲，還未唸完大學，鍾士便在美國印州首府投身到宗敎事業了。據記者調查，鍾士生平熱情和善，樂於助人，尤喜照顧老弱，幫助受苦的人。而且他天性耿直，嫉惡如仇，也許因自幼父母離婚，家境清苦，使他深切了解歧視和被忽略的卑微的人羣。任敎堂執事時，他堅持：四海之內，皆兄弟也。敎堂應不分種族、貧富、老幼……一律容許入內祈禱。可是，在美國那些自稱爭取「自由、平等」的中西部白種人眼中，簡直大逆不道，他們堅拒貧苦的黑種民族進入他們的社區，認爲只有他們自己才有資格當上帝的選民。鍾士在敎堂中呼籲的種族平等、貴貧無異，自然受到打擊、排擠、敵視、漫罵、譏笑、陷害，最後被迫離開。但鍾士是一個意志堅强，甘願爲淑世受苦的敎士。他在印城貧民區，自己設立一個敎堂。爲了賺錢還債，他且兼差作零售商。新敎堂的建立，便着眼在使它成爲「種族和諧」及「自由主義」的堡壘。而且他還設立了許多「社會服務」，如免費午餐、義務診療所、替失業者找尋工作、戒毒處等等……由於他的熱情及理想主義行逕，幾年後，且被任命爲印城人權委員會主持人。他並鼓勵敎友收養孤兒。他們夫婦就收養了八個之多，其中有朝鮮的和黑種的。他的敎堂名揚全國；第一座「人民廟堂」遂矗立了。

也許由於在印城不能再有什麼更大的發展了，在一九六一年到六三年，他曾遠赴巴西，做同樣救濟和傳道工作，可能也受到發展上困難，回來沒多久，一九六五年，鍾士帶領了九百個熱心信徒，遠征「加州」來了。

他看得很準，到加州時正是個時候，美國正處身在舉國佯狂，人心浮動時期，加州變為美國人的逃難所，老年人的靜享天年之地。當鍾士在加州設立「人民教堂」，美國還在騷動中沒有甦醒過來，總統被暴徒行刺，全國黑人區發生暴動，由紐約直到洛杉磯皆如是。有一個調查報告（Kerner Comission）警告說，美國社會快要分裂成兩個社會，一是白種富裕區，一是黑種貧賤區。南方當時剛騷亂完後不久，黑種民族的民權運動和全國正義之士即聯合要求一切平等：居住、醫療、入學、坐公車；甚至上厠所不能再分為白種和有色人人種二種歧視。越戰進行得如火如茶，且愈來愈升高，反映在國內的是傷亡和失業人數的增加，學生羣挺身而出反對戰事，高喊和平口號，黑人領袖金恩被刺……這一切表現出美國社會的極端動盪不安，社會中「小羣」要求改革，而高高在上的資本家和官僚制度却大力鎮壓……

鍾士來得正是時候。

他在三藩市的市中心黑人區中買了一個舊教堂。這區是個逐漸變為荒原式的破爛舊城，一些白手興家的黑人中產階層已移到新興社區，剩下的老弱殘民無力移動，連修房整屋的錢都沒有，他們生活在窗破簷漏的舊房子裏，還日夕擔心「市區發展」，猶太商人要逼他們走——但是他們無地可逃了。鍾士的傳道立刻受到大衆歡迎。

老年人要求一些關心，一些安慰，鍾士重生他們的信心，把他們引進教堂來成爲長老，他們狂熱的歸皈。年輕人不再露宿街頭，鍾士引帶他們發展爲社會的和政治上的精神活動教徒。而且他大力推行具體救拯計劃，設備很好的「托兒所」、「餐食計劃」、「醫療所」、「戒毒中心」、「老人院」……而且他傳道時討論的多是最近國際局面，社會問題等等很受青年歡迎，鍾士的反對種族歧視，主張世界大同，以生活所寄的社會爲中心取向的計劃，繼承了「民權運動」的傳統，呼喊出整頓美國社會的革命精神。鍾士抓着這個歷史機會成功的成爲一位「新教派」的主持人。

三、抗議和死亡的條件

鍾士非常成功地對待民衆，人民廟堂名稱之無愧。在全盛歲月中，他吸引數千人經常到廟堂來「守禮拜」，二千座位的教堂常滿座，並且有人寧願站立聆聽他的福音，他的確很容易地贏得教民的愛，體會他們對愛的需求，以及他們的絕望和恐懼。教堂成立不久便獲得了整個黑人區的擁戴。教徒都擠到他的身邊來，同時却引起同行的黑人牧師的妒忌，指摘他左道旁門，不擇手段的利用邪術詭計挖走他們教會的信徒。但公平的說，鍾士確做了不少事，人民廟堂紀念了「非州獨立解放日」，肯定參與社會活動的價値，並力行了被刺殺的黑人領袖馬丁·路得·金恩的和平革命精神，這些都不是那些不理世務的黑人牧師所辦得到的。

世界的蛻變跟隨它的定律，而在一個骯髒無比的現實社會中，想要保持人的清白，人熱愛世界的童貞簡直是不可能的。量變引起質變，內在的理想膨脹遭遇上外界的壓力，一切的偏差立卽出現，尤其是在「理想邊緣」的裂痕上，我們窺見了人類的悲劇。

下列的事實算是大白於世界了。

（甲）鍾士的全國性活動和政治參與

鍾士參加了「全國有色人種協進會」，委任爲三藩市分部的執行幹事。又出席了「黑人領袖會庭」，聯同人民廟堂的教徒，他們新興了一股政治上和宗教上的勢力。

同時，鍾士不能免俗地認爲，要建立自己的勢力，必要通過「名」與「利」的石基。人民廟堂一方面積聚金錢，投資金融房產事業，而且進一步嚴格要求教徒的財產捐獻，廟堂資金愈來愈雄厚。另一方面，鍾士參加政治活動，他幾乎不擇手段的幫助人競選，並運用「人民廟堂」作爲「鐵票支持者」，一九七五年且因此助現任三藩市市長（剛被刺死）競選成功，獲賞任市房產局主席一職。政治活動上，人民廟堂一般是激烈的，他們示威遊行，爭取民權，反對種族歧視，抗戰迫遷「國際旅舍」的老人們，更長於寫信抗議，或打電話勸告等。

（乙）人民廟堂已演變為一有「實力」的民間團體，它的招妒遭忌是必然的。

三藩市的黑人牧師普遍地敵視人民廟堂，拒絕支持鍾士的人，不歡迎鍾士的出席，孤立「人民廟堂」，甚至恐嚇它的教徒，在它教堂放置炸彈，縱火和破壞教徒的汽車，電話恐嚇和書信威逼等。另一方面散播謠言說：人民廟堂毆打教徒，强迫獻金，教徒逃亡，乃至ＦＢＩ監視及調查等等。在這種攻勢之下，人心惶惶，人民廟堂由恐懼而反擊，多加巡邏，安全檢查和保衞人員，教堂中祥和氣氛遂爲一股怨憤之氣代替。人民廟堂日益與外界隔閡，退縮到只求自保的小天國裏面了。

鍾士變得心神不安。他把一切責任和廟堂措施放在自己肩膊上，他不只是在傳道，聽人告解，甚至也管理一切俗務，尤其是這些勾心鬪角的陰謀詭計之事。逐漸地他把自己升高了。他把自己放大成一個比身軀加倍大的自己，他封了神。他的傳教仍是精彩和犀利的。他習慣把羅馬暴政下，奴隸捨生入死，爭取自由平等，在陵墓下封爲聖徒。然後攻擊ＦＢＩ，警告法西斯將要在美國出現的危機，引用耶穌在「馬太福音」書中責罵無感覺感情的自私個人主義者，最後大力呼籲對社會的責任。這種新穎的屬於這世界的傳教，自然和「教條主義」和眼光短小的牧師大異，但鍾士愈我行我素，乃和世俗的教會不和，反目，終於惡言相向，迫使鍾士和人民教堂愈來愈孤獨，終於另尋新殖民地去了。

這確是很矛盾的事。鍾士由救世拯民起家，他的設立教堂，施飯送藥，生養死葬……完全是爲了這個世界許多受苦受迫害的人而爲的，他的教徒跟隨者中，有百分之八十以上是黑人，而且有近半數的人曾是社會遺棄份子；年老無依的，殘廢的，犯過罪的，吸毒要戒毒的，年幼的街頭流浪的，酗酒的，好勇鬪狠的……確實，由一九五二年到一九七八年，悠悠的二十五年，四分之一個世紀，他獻身做這一件偉大的事業，我們不必管他是眞是假，也不必追究他爲名爲利，能够這樣爲世界苦難而犧牲一己的享樂和慾情，我們已很感激了。公平的說，不必最後那一幕，以鍾士在美國設立「救苦教堂」，已値得歷史記上一筆了。犬儒們動輒以成敗論英雄，可是，這悠長的二十五年中，四分之一個世紀，是用多少愛心、毅力和犧牲精神所換來的呢！又何必再言眞假、好壞，別有用心？世界應是公平的，「對人類有好處」這種標準還應時刻緊記的。

鍾士移民到南美歸亞那（Guyana 唸歸不唸蓋，國內譯音有誤。），像那一八四九年乘「五月花」號到美國加州淘金的人，理想很好，但是時間錯了。再者他的「仇敵」也不容他「逍遙法外」。他的小羣敵不過一股更大的勢力，他自殺以殉理想，我們可以結論說，他的自殺一半出自氣憤。

荃不察余之中情兮，
反信讒而齎怒。

余固知謇謇之爲患兮，
忍而不能舍也。
一半由於抗議
已矣哉！
國無人，莫我知兮
又何懷乎故都！
旣莫足與爲美政兮，
吾將縱彭咸之所居。
他的死亡確值得我們的同情。只是，死亡卽使有足够的理由，能解決問題嗎！

四、人間的條件

至誠通聖藥通神，
遠寄衰翁濟病身；
我亦有丹君信否，
用時還解毒斯民！

鍾士死了!

但地球還要轉下去，人間還是人間，還有千千萬萬人在活着、在受苦，還有千千萬萬有理想的人在思想、在努力、在嘗試救拯的工作，我們不必爲一個死亡而悲哀。他的故事只說明一件事：在這個不完美的世界中，有一些熱心愛世的人爲它受苦，竟以身殉。

我們今日來認識這件事，是要記取一些血淚的教訓，是要來想一想，用什麼條件來建造人間呢!

(甲) 死亡解決不了問題

人間是怎樣形成呢?人間是許多仁人志士肯捨生去爭取自由，肯忍耐來堅持理想，這樣一步一步踏過來的。我們的「人間」仍不完美的很，也許連古人所云：「少有所懷，壯有所用，老有所歸」還沒有做到，我們最需要像鍾士這一類人，肯犧牲自己爲生民救急治傷，解難拯溺。事實上，也有許多這類人，默默地在大城小鄉爲民服務，贏得民衆愛護，因此建造了一個比以前完美進步的人間。但我們並不贊同鍾士以自殺來抗議。人死了，問題還在，這不是一個熱愛世界的人所希望的。鍾士拯救了許多人，如今何忍要它也一同死呢?何況在這個世界中，這類被不公平、沒正義的商業社會所遺棄的人還多得很，他們也等着「人」適時的扶手，我們應保留生命做有用的事，生命直到非死不可的時候仍是有意義的。

（乙）「人民廟堂」的先天性質

也許鍾士誤解了「人民廟堂」的本質問題了。事實上，「人民廟堂」自成員上至教義等等，恐怕脆弱得很，它只能附庸在一個工業上滿是疏離和歧視的社會方能存在。它的成員許多本身有心理上的缺陷，體能上的不如人，或技術上的缺乏……這些都不足使他們能開天闢地，另創新世界。最重要的，我們恐怕這個「社會」要依賴着一、二個能幹的領袖才能活下去。但是，「人間」要求的是大家活下去，而非依賴一個傑出的領袖。在這世界上，我們要先認為自己是一個新人，方能建立新世界，而不是終日懷疑自己的。鍾士不必恐怕他人的閒言冷語，他有足够的愛心和能耐活下去的。「人民廟堂」的建立在於服務社會，如今，移民到南美幹活，跟以前相反，顯然是棄長就跑，也缺乏眞正救世的心意了。救世的了應獻身到最急切需要他的地方去。

「人民廟堂」的一切基礎都不很堅固，也許在美國能一展所長，但離開了廣大和同情他們的民衆，他們就很難有作爲了。最重要的，他們在歸亞那的墾地，原是靠美國人民供應金錢的（許多是「養老金」之類），他們恐怕很難自給自足，這樣一來，自然免不了和美國發生依賴性，也自然受到它的干涉騷擾了。所以，國會調查不足爲奇，而它的崩潰恐也命定了。

（丙）「逃避現實」

鍾士恐怕是有「逃避現實」的心理傾向的。他選擇了「宗教」，也就是要通過宗教來救世界。

問題就來了。在現實世界中，誠然許多困難和人爲障碍不易解決，但一定要人努力解決，只能由人合力來解決的。宗教最大的缺陷是，凡是有困難時，很容易使人用教條，用形而上，用來生來解決。「逃避到未知」。但在今生中，在已知中，在現實社會中，人的命運仍需要解決的，這是人間主要的條件！鍾士和信徒的死亡以爲可以在來生中相會，然而，在這世界中，許多受苦的姐妹兄弟們，怎樣辦呢？他們仍受到各種苦難，受到人的欺負，鍾士死了，再也不能幫助他人了，不是很可惜的事嗎？

（丁）「逃避到樂園」

鍾士是喜歡逃避的。他的歷史指出，他常移民來移民去，從印城到巴西，巴西到印城，印城到加州，加州到歸亞那，惶惶栖栖，不可終日，世界那裏不一樣呢？要救世那處不可以？確實，被侮辱被損害的人到處都是，要建立更完美的「人間」，那個地方都是開始，都是基地，不用移民去的。再說，也許四、五百年前，人間還有新大陸，還有洞天福地，可以再開墾，而今世界全開發了，我們得認清楚，只有一個地球，就是這個樣子，如果我們要把它建成一個蓬萊仙境，那麼，我們得從自己的脚邊，自己的鄉土開始，不用再想別的地方了。

（戊）眞正的樂園何在？

我們惋惜的正是「鍾士」離開美國而到歸亞那去了。歸亞那自有它的命運，有那裏的人民有使命來開發，他們也不希望像童話故事一樣有人來代他們拓墾。

但是，「人民廟堂」的志士應留在美國，那兒製造他們的不幸，迫使他們犯罪，鄙棄他們的愛心，他們一定得在這樣複雜而可以工作的地方重建「失樂園」。公平撐起，將正義矗立，改正不幸，引導正路，團結愛心，這才是一個世界上好公民，也是人民廟堂，救老扶弱的本旨！

鍾士却率衆去了歸亞那，我們惋惜他在危急關頭開了小差！

我們歷史中有過這段小故事。北宋名人范仲淹當宰相時，爲人所構陷，不自安，因此求去西涼爲將。當時他去洛陽見大老呂夷簡，呂夷簡說了一段語重心長的話：

君此行正蹈危機，豈復再入？

若欲經制西事，莫如在朝廷爲便！

救這世界，不如在中心地區，在重要地區。我們也想到，一些人常懷「道不行，乘桴浮於海」的心，但這是錯了。留學生如想在別的國建立一個新天地是不可能的。一個永久和平，有自由，有平等，尊重人權，合乎正義的新中國，一定要在中國的土地上矗立起來。

是的，「人間」是這樣來的！

我們相信人間故事，是盤古開天闢地做成的，更是愚公移山一斧一斧把它弄成坦途的。人間還有什麼條件呢？有只有這一條，它是由我們遠祖，我們的父親，和我們自已永遠不休息地，一步一步走出路來，踏成坦途，除去障碍，開闢一個自由、平等、博愛的平原來！

這才是眞正的我們的人間。

來！談電影去

獸性統治下的世界

——評「大金剛」

我們所該懼怕的，
不是一個大的天災巨變，
而是無數的細小的損害。
·福 樓 拜·

一、獸與人

我們很久，像已很久看不到野獸了！

也許除了「人」還很「野獸」以外，我們現在看見的獸已很不「野」了：不管是馴「虎」成「貓」，養「狼」為狗；家居後胖了飛不動了的雞——談不上當年鳳凰于飛的日子了，還有那些奔馳迅速，大嘴噬物的野豬，目前終日蒙頭大睡，安心為食用豚可也！再說，這些日子確實不好過，牛依然是牛樣，馬依然是馬樣，可是，上面加架，下面釘蹄，文化了，定時飼養了，除了乖乖的爲「人」服務外，眞叫它們野也野不起來。

當然，我們仍會見到很「野」的獸，野得使他們被供奉在動物園裏，反給人這野獸參觀來看呢！看吧！雄踞一界，萬獸之王的獅子，或龐然大物的笨象；看吧！高飛上天、孤獨而兇猛的鷹；看吧！水陸兩棲，出沒無常的鱷魚，他們也許仍不肯馴服，不肯爲人利用，只能一肚子怨氣地在獸籠裏蹲着，等候逃走，或等候死亡。他們過着一種新的生活吧！

這不是一件很奇怪的事嗎？僅僅五千年吧？從野獸的眼中來看，一個全然是野性的，可以狂奔和殘踏，可以打鬬和强食，可以呼嘯咆哮的原始莽林或曠野，竟改變爲砍伐樹木，建築高樓；機械代替了自然，曠野矗立了城鎮；連食物也改變了方式，由野食、亂抓改換到千百種烹飪。不管怎樣，現在地球是一個全球地讓人這野獸，脫穎而出，完全統治了的世界！

更奇怪的事，似乎還在人這野獸的理性發展的過程吧！歷史的人羣設了一個「井然有序」，交通發達，可以讓人這個野獸，能理性地居住的地面，也許人們居然沾沾自喜，開始不滿足起來了，他們竟在這種人性社會的心臟地帶——數千年來辛苦地聚居和經營的，代表人這野獸最偉大的文明的大都會——他們竟在那裏煞費心力的培養和供奉了，一個不理性的中點，野生禽獸的生活場地。好像是吧，一部人類文明的故事，就是一本治野馴獸的歷史。動物園是人這野獸在炫耀他的成就，他的勝利嗎？還是他要對後代子孫說，警告他們人類是怎樣艱苦地生活過來，要怎樣團結和改變生活方式和環境，才獲得到今日的快樂和自由，可以訕笑那些徒然威猛，不肯改變現狀生存方式的野獸了。

這一切很好，似乎人類文明應是這樣發生，也應是像今日這樣結局的。除了一點，究竟人這動物是不是很理性的呢？

二、人間的獸

人間有時眞是荒謬得很，分明是經過幾千年連續不斷的理性發展，人類才能建立今日這樣子的文明。但假若你站在今日文明的神壇上回望，「我瞻四方，道阻且長」這樣的思索和環顧，你忽然會驚訝，人類的文明走着一條多麼迂迴的路！

例如，今日仍在世界各地上演，號稱千萬金元巨製的「大金剛」（King Kong）一片就是一個好例子。我們不禁猛然自憬：爲什麼在如此理性高張的時代，我們竟如此自嚇嚇人地製造一個沒有「理性」的獸？

爲什麼人這野獸要製造一隻人見人怕的野獸出來呢？是不是世界在過度的理性發展和統治當中，仍有蠢蠢欲動的、控制不住的「不理性」要破腹而出呢？還是我們對野對獸仍存有昔日的追憶，像懷念「惡鬼」和黑暗？還是我們仍未能與「文明」正常相處——過強的自信或控制不了的自卑仍然存在？

幾千年前，孔仲尼已經說過：「子不語，怪力亂神。」談怪的，賽力的，講亂的，疑神的，都在不應一語之列，也就是說，我們應以事實爲根據，說道理爲原則，來建設一個合理的社會。凡是不屬於這個理性社會所應有的事物與現象，不應渲染。「未知生，焉知死」，是這個意思。「未能事人，焉能事鬼」，也是在乎要矗立一種人間的條件。怪異的歷史傳說，武力的解決方式，動亂的思想理論，神鬼的盲信推崇，都不是我們這理性社會需要的，我們也許無力解決這種問題，只好暫時不談，安心地建築一個適合人居住的社會就好了。也許我們對「子不語」這句話仍有點保留，認爲能進一步批評「怪力亂神」可能更好。但是，奇怪的却是，在創造歷史的過程中，人類也同時在一條錯誤的路上盤旋，於是，今人之言，必怪必力必亂必神，世界確實迂迴地前進，同時放任極其落伍的事實並行存在呢！

比方說，人類社會的創立，分明是由於逃避野獸的殘害而產生的。可是，到了後來，人類進步了，工具精良了，於是並非出於必需的自衞，而仍以追殺野獸，打獵爲樂。甚至如清朝皇帝出獵，一大羣人圍趕那些可憐的必死的野生小動物，爲的使皇帝作那安全已極、毫無實際意義的致命一擊，以爲是吉祥或威武表現，何等的不理性的需求呢！

人類這些不理性的表現，眞是奇怪的多呢。想得遠的一點，例如拼命的軍備競賽，或美國把原子武器裝在飛機上，一天二十四小時不斷的亂飛，爲了準備好在他人的突襲之後及時報復，這是理性的考慮，還是不理性的?難道不知道結果是要把世界毀滅，且連他們自已在內同歸於盡?有時候，在「我瞻四方」的時候，在發現到處都是河海汚染、空氣汚染、聲音汚染……的時候，不禁有「天問」的感覺，是不是歷史應該如此發展?還是它仍在「無理性」的影響下，因此「理性」的申達是那麼緩慢，那麼畸形的出現，甚至於「溯洄從之，道阻且長」的呢。

大金剛的出現，够使我們停下來想一想了。

三、「大金剛」的象徵

今日來談「大金剛」的製作和上演，確有一種時代的象徵意義，負方面的。據「時代雜誌」吹噓，這部「金剛」的製造浪費了二千四百萬美元，單是那個機械控制的電子金剛，已化費了三噸半鋁架、千多磅馬毛和一百七十萬元的製造費用。還有派拉蒙公司爲了宣傳這部片子，準備再拋出一千五百萬的宣傳費用。總之，估計在世界各地，爲了這一件怪力亂神式娛樂事業，人這野獸浪費了最少五千萬美元——。眞是乖乖不得了，不知道有多少小國，一年的國家預算也不够五千萬美元。五千萬美元合新臺幣二十億元，實在不是小數目。究竟值不值得化費如許龐大的人力物力，爲一個無聊的娛樂性電影呢?

我們且進一步看看，大金剛在說什麼!

大金剛的故事簡單得有點荒謬。它說一個探險隊到達一個小島，發現了那兒的土人長期肉祭一個大怪物猩猩。後來，土人把探險隊中一個女人擄去作祭品，金剛發現這個女人與衆不同，竟發生感情。爲了這種感情，金剛大鬧世界都會代表紐約城。結果爲現代文明追殺而死。

這是一個什麼樣的故事！把人類的不理性融冶一爐，聚而殲之。事實上，它不過是在人類不需要再躲避野獸的屠殺中，反而想到仍會有一個不知隱藏在那個黑暗角落的大野獸，來和我們所創造的文明對抗，甚至要毀滅我們的文明的樣子。究竟是爲了我們心中有這種自警式的恐怖，還是爲了不理性的自我虐待狂呢？

虐待狂，是的，這是一部製作壞了的暴力加色情的自虐電影。當然，也是大資本家的美國商人，爲了滿足庸俗的小市民趣味，製造出這些「世紀末藝術黑潮」的濁流吧！暴力就是大金剛在吃人，在紐約追逐人羣，摧毀屋宇火車的表現，使觀衆感覺到全身被虐待的畸型感情，於焉滿足了一些自暴自棄的念頭。

(可以提一下的，這電影炫耀的地方却是自己弄壞它的地方，它過份高估大金剛的龐大了。本來電影就會加倍放大的形像；在慣看電影的觀衆來說，「大」並不能具備嚇人的條件，所以應在它的比例方面。但是金剛太大了，差不多有四十英尺，和正常人一般高度五英尺到六英尺比一比，約七、八倍，太大了。除了那幕坐在金剛手上的女人，略有意思外，一般在不成比例的場面裏，觀衆感覺的不是恐懼，而是莫名其妙的等死，因爲人類完全沒有機會，沒有反抗的可能，怎會有恐懼的感情呢？假使金剛只不過是大了一點點，兩三倍吧，可能效果較大。）

至於色情，大概臺北上演時剪去了一點。例如金剛在玩弄手上的女子的時候，用手指把她的衣服珠鍊全揑碎，進一步把她的衣服撕開，（參看一九七六年十月二十五日的時代雜誌）完全是一種性虐待狂的表現。

性加暴力，正是這部片的主題，我們想詢問的就是，這類片子看來有什麼好處呢？是眞的爲滿足人這野獸某些不理性的行爲而攝製的嗎？

如果大金剛確有它的象徵意義，那麼它在說明，古代確有一些龐然大物的野獸，它們恃着搶掠能力高強，專以欺凌弱者，殘殺善良爲能事，但結果人類固也弱小，却終於團結起來，同心協力，把這些兇猛害人的東西除去，建立一個平等而公正的社會。

但是，「大金剛」却志不在此，利用了一些科學和電影的幻象，利用了人類從逃避野獸而來的畏懼心理，於是，强調了性和暴力，强調了一些未知的黑暗力，於是，五千年文明竟不够大金剛的一揮手，於是，許多先驅者以死爭來的理性竟給一隻無理性的野獸一下子撕碎。這眞是開智慧者的玩笑嗎？你說這不過是一個做得太大的玩具吧！也許我們小題大做了！可是，只要我們進一步看看今日電影這種商品工業中，災難電影的流行，「大金剛」正是其中典型的一個樣品。我們恍然大悟，好萊塢商人只是在「利潤驅使」的原則下，一再製造着新出品，來巧取豪奪民衆的時間和金錢而已。

四、災難、災難、何時了？

我們生命中的災難眞多，例如去年一年所顯示的，死人無數的唐山大地震，或者美國東部暴風雪，或者連年乾旱的非洲，或者其他山崩海嘯，以至許多許多人間的不幸。這確實使人警惕，我們的生活環境還不完美如斯！那麼，人的社會最迫切的問題該在如何去消除災難吧。

可是，近年來好萊塢推出一連串的災難電影片、却完全不是這回事，本質上是商業性誇張了一種找尋刺激的庸俗小市民趣味，實際上助長了許多個人主義的享樂觀念，雖然這種享樂觀念是由犯罪式的自我虐待而衍生的。

在「大白鯊」中感同身受的被魚噬食；在大地震中突然而來的大地震動，無法抗拒的自然力；在「火燒摩天樓」裏大火燒身，無路可逃；在「海神號」沉船後被關禁沉入海底，卽使是已具「人」性的「大金剛」，仍隨時可以摧殘人的文明，人的生命。這些陸續出現的，而且每一個都吸引一大堆找尋刺激電影的觀衆，它說明什麼呢？

就從電影本身來看，這些電影大半是沒故事情節可言，也沒有什麼主題和風格等等；所謂中產文明發展出來，雕砌而弄姿的電影藝術，或個人主義吹噓的唯美至上的小節渲染，這裏面全沒有。它只隨便安置一個極其粗陋的故事，突揷一些庸俗和簡陋的無聊事端；一些無味的人事鬧劇；卽使是不可避免的美國式色情鏡頭，也顯然的無精打彩，草草了事，一種過場作用。因爲這些電影唯一的存在理由，就在觀衆連同電影中的傀儡主角們，一同地等待着那些災難的來臨，影片上所謂懸疑緊張，所謂刺激，所謂情節，所謂意義，完全敗在災難的致命的一擊。我們在銀幕前後等候着，爲了滿足一些不健康的心理。

這些安排成如此的災難有什麼意義呢？它帶給我們什麼？會教育我們什麼？看完以後，會影響我們的生命什麼嗎？我們看一齣電影就只在看一個穿細輭衣裳的女子，看完就完，完全沒有對生命的衝擊嗎？不，那是不可能的；許多個人在尋求努力方向，許多青年在發育過程中，會吸收一切養分前進的。每日上演的這一類影片，正像世紀以來廉價無聊的商業文明，泰山壓頂式盤桓在我們頭上，直接威脅到我們今後的正義生存了。我們不能不拒絕其中所包含對生命的誣蔑，以及對文明的悲觀和犬儒式懷疑的態度。

電影的眞實可能並非生命的眞實，但我們一定要明白，電影的眞實應給生命提供更深一層的透視，在不同的角度誘導或强逼我們瞭解未來的處境，而最終目的，是帶進一個共同努力，團結一起的美好新世界的。

在人類生命史中，我們並不把災難看作一個主要的成長因素，剛剛相反，我們絕不會在期待災難的出現，卽使我們心理上具備一些安全的措施。事實上，那只是爲了使我們更愉快的活下去而已。文明的歷史到處都在說明，我們其實並不需要完全控制災難和自然的天刼，才可以得到今日人類的解放——平等和自由，免除着一切恐懼的理想，——我們心理上戰勝災難就够了。英國詩人端恩在「太空和天使」一詩中寫到：

因爲，愛旣不存於虛無，也不能
在極端與四處閃亮的事物中找到

確實，愛是活在我們日常生活中每一個小節的東西。愛就是生活。在人類的文明上，不管歷史多長，地球多大，一切人類在文化上的創造，都各有它的源流，一點一滴由人類整體共同合作、共同爲理想奮鬬，甚至獻出生命來獲取的。文明不是突然間出現，也不會突然間消失無踪。歷史上，人類經過無數的天災人禍，現在的文明正是克服這些困難的成果。我們並不等候災難，我們不害怕也不會强調災難。成爲一個人，困難的地方並不在他如何遭遇到災難和現實的損害，困難處正在他如何接受災難和現實，而不把客觀的痛苦和障碍，變爲主觀的痛苦和障碍，也不因生理而影響心理。大金剛這一類電影，無論在象徵上或本質上，都是落空地胡扯。生命中需要的，並非防備一場天災，而是要戰勝每天每時的日常生活。某些個人主觀的憂慮不安，決不會影響整個社會的進展，犯不着加鹽添醋，三倍放大。災難片的問題不僅在簡化社會困難，而在它們沒有透視力，沒能把人類碰到的困難放在歷史上去看，因此這種困難是突然而且沒有發展性的，不合人類歷史演進法則的。

我們實在看不出這類災難電影有什麼益處。在這商業世界上，有許多人不肯從整個社會發展上看問題，他們本身生命的空虛，將世界限制在一個不變的平面上打轉，這些人終將見到一個沒內容，也沒面目的世界。逃避世界的現實，不過是加速地把他趕入更虛無的境地上去。事實上，現代主義的文學家和藝術家就是如此。我們卽使同意，卡夫卡有某些過人的洞察力，有自然主義式的敏感，「審判中」，他看到了極權的迫害，「城堡」中他意會到隔離，「變形記」中他寫出了人的被害和自我虐待。可是，他的世界還是停留在主觀和平面上，是一場全部無能的噩夢，夢完後仍然無能，不能掙扎，因爲卡夫卡早已被一種原始的、憂慮不安、不可理解的恐懼佔據了，他逃不出這些表面侵蝕的岩洞，他建築出的空虛正是他的棺木。究竟這不過是少數人的疑神疑鬼，杯弓蛇影；一種「被迫害心理狂」的病態罷了。

災難電影是等而下之的現代主義者，他們撿了一些現代主義的皮毛，而忘却了那些悲憤的人究竟仍有怒罵的對象。他們拿廢壞的照片，來作病態心理的刺激品，患病的人常常希望充好漢，商人主義便庸俗地誇張了這種不健康的病態了。要了解這種建造災難電影的商人心態，與及在一個商業至上社會中，一種空洞而無內容的藝術和希望，似乎可以研究一下這些商人的心理和社會學。也許我希望能把這種「電影災難」再寫出來，在這時代裏，商業主義的獸性似乎比電影出現的大野獸可怕得多，我們記起了陀斯妥也夫斯基在「死屋手記」中寫的話：

如果一個人失去希望
而且沒有目的
全然的煩厭事物會使他變爲
野獸
令我們恐懼的可能更是那隻牽動大金剛的手吧。

(C19770404L)

沒有子彈的鎗

——談「計程車司機」

一、舉起了他的手

最後的一幕似乎是命定的一幕。「計程車司機」舉起了他的手，做一個像手槍射擊的姿態，口中發出空洞的疲倦的聲音：「砰！砰！砰！」然後，我們觀衆不歡而散，步出電影院。完場。

因爲就在那個時候，他身佩的四、五支手槍已全射盡了子彈，而且，他的非法的敵人及法律上的敵人都已佈滿在他的四周——好像來自虛無，但誰也知道，這種包圍是先天性的，永遠存在的，他不能逃，也逃不了。然而，這個也是虛無的英雄，這個計程車司機畢竟是「勇敢」的，他沒有子彈甚至沒有槍，他舉起的是手槍一般的手指，指向的是他自己的腦袋，我們發覺到他已了解：解決社會的問題不在一些歹徒，或殺掉幾個歹徒，不是一支槍，或發射一支左輪裏的六發子彈。而在於人的手，人的、許多人的、對世界的看法。

計程車司機死了，必然的死了，怎能不死呢？但是，只有從他的死，我們才開始了解他面臨的問題，對一種髒、髒的城市世界，怎樣辦呢？

二、髒、這世界太髒了

只有一次，那一次一個總統候選人坐上了他的計程車，並且廣求民隱式詢問他的希望時，計程車司機最初完全想不起來。確實，這個他生下來便已存在，而且他每日忙碌地生活，過着的幾乎是機械性的，條件反應式的，動物一般的生活，吃得不好，住得不好的生活；他已被隔離到一種限定的空間裏，他除了駕駛汽車外，甚麼都不知道了。那確是大諷刺，一個民主的美國政治選民居然不知道他要求什麼！我們能責怪這個典型的紐約居民麼？不能！因爲整個美國世界所供給他的常識，書本上他學到的，和他周圍的人所了解的，就是這些「東西」，他的無知正是他的「代表性」所在。他完全不懂他們在搞什麼。更滑稽的是候選人的競選口號是「我們即是人民」，但他所碰見的人民，竟然和他的想像完全兩樣，他們甚至沒有問題，對世界一無所知的樣子，是的，他們不是無知而是無辜的清白，總統候選人儍呆了！過了一下子，計程車司機才突然想起，也是他突然發現，每日所碰見的問題才是大問題，他說，「紐約太髒了」，髒到他不能住、不能呼吸、不能好好的活下去，他希望總統會清潔它，使人民能過一種健康和免於污染的生活，候選人又呆了，他想不到國計民生的大問題外，還有這一章人民每日每時每分每秒必要過的生活，而他也一無所知，對人民生命他竟如此無知，只好支吾以對，下車落荒而逃。紐約其髒如常。

事實上，在計程車司機整個生活氛圍中，髒亂是他唯一感到威脅他生存的東西，而且，這個感覺也來得不易，我們看得見，這個感覺由萌芽、茁長，以至令司機不得不受驅使而行動，甚至導致最後的死亡，就是整個電影的主題，也是整個電影的生命。「計程車司機」記載了一個體認「髒的世界」的旅程。

三、我不知道這麼髒

這個旅程不短，但可說是從他做了幾年計程車司機後才開始的，職業使他被隔離成一專業人才，但同時也强迫他認識世界的「髒」，認識「現實」：

(甲)首先，從司機休息咖啡店處的談話中，他聽到一些現實的髒事，例如什麼艷遇，什麼打刼等等。自然，他拒絕引誘，他也了解到這些事，而且直覺地認為那些不是好事，紐約四十二街是髒的地區，雖然每天晚上他不得不去那裏，甚至和他們打交道。

(乙)現實逼人來，尤其是在他要長大的時候，他馬上與現實衝突。他不滿意他的生活環境，他選上了一個當總統候選人的義務助選員的女子，作爲戀愛的對象：一方面他認爲她代表理想，她爲了「國家」而犧牲，另一方，他要掙脫他的小圈子而成長。可是，他把那女孩子帶入了他生活的範圍，他才覺醒到這個鴻溝，那女孩和他是兩個層次的人。她喜歡並介紹他一種音樂唱片，但那全是他的世界以外的東西，他不能接受，他們不能在一起的，因爲他屬於「髒」的這一面：那女孩怒斥他帶她到色情的電影院，侮辱了她的清白。他嚅嚅的爲自己分辯，他的清白是廣大無界的：

「我不知道，很多人都去看的，當然是好的了……」

計程車司機有他的標準；對一個普通人來說，他們還有什麼挑選的權利？他們活在那裏，長在那裏！世界沒有供給他們更多的活動空間，所謂「現存的文明」原不是爲他們而設立的。想一想，他們有機會穿晚禮服到歌劇院參加每季的開幕盛典麼？他們曾在十七歲時，被介紹入 High Soceity 麼？他們有機會去競選參議員嗎？他們似乎世世代代的命定在大都市中又髒又亂的一角，出賣着勞力血汗，尋求他們的衣食。但黑格爾所允諾的「你的天國」却永遠加不到他們的身上。「衣食足然後知榮辱」原是千萬年人類普遍的理想，也應由每一個人去爭取。這樣子，計程車司機開始醒悟了：他是清白無辜的，他沒有犯過錯，但是，在髒亂淹沒下一個商人管家控制的都市，像紐約城，他要保持的童貞是不可能，誰也不能。那女孩驚醒了他，也使他體會了髒是整體性的，整個社會的，他怎樣面對這個困難呢？

（丙）他想逃，他不知道怎麼辦！他想逃！

但是，他能逃到那裏去？紐約雖然人很多，世界當然更大。他只是一個計程車司機，除了這種事，他能做什麼呢？他詢問一個同行的司機，這司機開了十多年計程車了，但他竟提不出問題，似乎他只是清楚地感覺到，危機已經存在，也必定要由人去解決，他預感到一個社會問題，可能竟是這個社會太髒了，快要崩潰了，他要逃出去，但他說不出來。然後那個年長的同行司機說，他想得太複雜了，一個人還是隨波逐流好了，說着說着，他竟說出了一個在資本主義社會如美國的普遍現象，一個計程車司機開了十多年的車子以後，他已不再成爲一個人，疏離的他早已改變爲一輛計程車罷了。所以，老司機什麼也沒做，只像一個開口的機器，有時說說髒話，說說計程車司機的苦況。有時吃喝玩樂一下，對這世界，他如此被强逼放棄希望。

本來，在一個公平和正義富有理想的社會裏，如三民主義內說，職業本無貴賤之分，每個人都在他的崗位上爲國家努力，司機自然也是同樣高尚和有理想的服務性工作。但在美國這類商業社會中，司機並不是人，而是物，僅是一種消費的產品，與生命理想無關的物質。對於司機來說，他們除了一些維持生活的費用外，什麼都得不到，他不能自工作中得到滿足，也不能自工作的製成品——（本來可能見不到的）——感覺到成就的快慰，事實上，他不是少數的那種生產工作者，而是商業社會中大量大量的中間人，供應成品的人。這種人多着啦，不只是司機，還有例如公務員、售貨員，總之，是帶服務性的人員，是一個 Reproduction 工作的人，這些人因爲不需要有很專門的技術，而且也由於生產過剩，失業人多，不難找到塡補者，所以一般工資低微，生活貧苦、工作單調又看不淸目的，也由於在商品消費社會中，社會並不供應理想，生產和商品本身變成目的，不是人是生產的主要目標。因此這些人普遍感覺到被隔離，生命被隔離，也同社會的人群隔離，他們構成了美國社會中所謂「沉默的大多數」(Silent Majority) 也是被人忽視的人。對於他們來說，逃避工作是一種必然，可是，逃避了工作也失去了生活！他們竟陷入絕境。

(丁) 同時，這社會不只產生一大票不能知道爲什麼而活的人，更有許多活不下去的人。在他作爲計程車司機生涯中，他碰見了不少人欺負人的事件，例如男人毆打女人，黑社會逼良爲娼，這事實使他憤怒極了，有一次，有個雛妓走上來，要他幫她逃跑，他遲疑一下，也許害怕，結果爲黑社會打手趕來擄走少女，只遺留下一張既縐且髒的鈔票，這張鈔票永遠壓迫着他，强使他銘刻上「髒」的回憶！爲了這些不公平，沒有正義，人欺負人，有人被人欺負，他開始體會世界，他發現了他的良心，他也同時跳進去求一個人性的解答：他要建立一個理想的世界，可是，他不能脫離現實，那些助選員儘只爲自己打算，總統候選人又不能給他一個掃除髒亂的保證，他怎樣去拯救這世界呢？他要——

四、必須喚醒民衆

奧大利作家繆秀（Robert Musil 1880–1942）寫過一本長篇小說：「沒本質的人」。裏面主角一切的個性特質，好像都不屬於他自己，連法定人是誰也不知道，他是不具現實意義的。

計程車司機就像這種沒有本質的人，在發現「髒」的過程中，他碰到了「人成爲人」的本質。但他還不知道該怎麼辦！他只感到唯一的結局吧：在一個西方商業文明的社會裏，人只有一種簡單的選擇：不是隨波逐流成爲消費品，便是精神失常。這是一個沒希望沒理想的社會。因此，西方現代文學藝術電影中常出現這樣的結局。反映了現實生活，一個人發狂地拿起槍，亂殺街頭上的人，無辜的路客。精神失常有二種極端，不是亂殺人就是感覺到被人虐待被人殘殺。我們同情這類人和結果，這一種消極的抗議。

「計程車司機」所反映的，所作的抗議也是如此。

他選取一個殘殺的下場。這個選擇自然極端荒謬，但對他來說，却是必然的。我們知道他除了開汽車，什麼都不懂，可是，有一天，他認定這個髒世界要「大掃除」了。那麼，他只能自負清除的責任！這一種「自覺有理」來得不易，電影中通過實證，沒有人能幫他忙，助選員、參議員皆不能，他只好「自封」爲除髒英雄：而且將不能除髒的政客和黑社會暗娼寨一古腦的除得一乾二淨！當然，他不免自已也因而「犯」法，因此只有自殉他的「暴力」主義了。唉！

對於這一種荒謬英雄，我們難免敬佩：一個人能認定自已的理想，勇於去爲社會努力，雖然建立一個更完善的世界是需要所有人的共同努力，他畢竟有某點勇敢的行爲。我們也有一點滑稽的感覺，這是一個藝術家的空想嗎？·常常在小說或電影中出現，這一類行動幼稚過程兒戲的英雄，不管他自已有沒有能力，認識清不清楚，狂妄地要揮動他的鐵拳，斡他「冒險」式拯救行爲！但是，隨同他的「死亡」，小說和電影固然完結，觀衆也許更滿意這種「大團圓」的結局，但世界依然，一切和他未自封成英雄前一樣，他能除盡天下的髒亂嗎？他能掃蕩所有的妓女戶嗎？而且，公娼私娼問題並不是一支槍、幾發子彈可以解決的，那間公寓仍存在，仍幹暗娼生涯，不過新換了流氓頭罷了。是的，他抗議的槍聲不只因沒有子彈而停止，甚且因槍聲的喧嘩和血的恐懼，使人更聽不見抗議了。純暴力只是一種「冒險」的英雄主義行逕，解決不了世界問題的。我們且尋求別的途徑吧！

我們還是喜歡民主和自由平等的，但是，民主和自由應在更高的層次來談，不能模仿歐美、日本這一類在商業上强調自由競爭的社會，而是遵從　國父遺囑：

余致力國民革命，凡四十年，其目的在求中國之自由平等，深知欲達到此目的，必須喚起民衆，共同奮鬪。

計程車司機是一個個人英雄罷了，要消除髒亂，要改造世界，不是一個人辦得到的。必須喚起同胞，共同奮鬪，尋求更自由更平等的社會！

(H19770504C)

解脫！

「安得爾輩開其羣
驅出六合梟鸞分」
——杜

走！看「神捕」去也！

三月的臺北。

另一天連這一天的細雨，陰霾霾不爲什麼的黑了一地，公車過處濺起的泥漿，滿街魘魘的遮滿了草菇般傘子，陋巷近郊且傳來不住的蛙鳴：叫吧，「春天在那裡？」似乎人的眉睫還揮灑不去舊多的凝冷，盤旋着輕飄的低壓。已經是長長的白天，又感覺不出新季節的明朗，潮濕的思想像貼地而飛的小草花，不住的打着圈子，要撲醒一個靈魂的樣子。近幾天來，被天氣追趕得四處逃匿，萬人如海一身藏的，落草在輕寒、情慾的老巢裡。唉，分裂的人，故作敵意似的關起了窗，鎖了大門，懷着雨夜閉門讀禁書的心情，想獨與古人游，藏身萬卷書，要與孤獨相處：身內謝絕了花花草草，心中關起了風風雨雨，可是却驅逐不了傳染病似的低氣壓——

誰說過的：：：
——鬱結紆軫兮，離慜而長鞠，撫情效老兮，冤屈以自抑。
誰說過的——
——懷朕情而不發兮，焉能忍與此終古。
誰說過的——
——世間多少不平事，不會作天莫作天。
誰說過的——
——別來世事幾番新，只吾徒猶作，話到英雄失路，忽涼風索索。
誰說過的——
——吟到恩仇心事湧，江湖俠骨已無多。
誰說過的——
——………………
誰說過………

還是下雨，但遙遠像忽已開天，微露一角嫩藍了。推開門，大踏步出去！

啊！池塘生春草，園柳變鳴禽。

外面竟已是微暖的，花氣的春天！街角的小花圃上，已遍放着既紅摻白的杜鵑，羅斯福路上，一冬來黑直多刺的樹幹上，如今已滿嵌着透露紅蕾的木棉花。南國春早。我舉起了帽子，跟冬天說聲再見了。是的，迎我輕拂而來的，沾衣欲濕杏花雨，吹面不寒楊柳風。我去看了一部影片：「神捕」。

竟像是噓出了一口氣，幾天來抑鬱的氣壓，忽兒到烏有之鄉去了。出得門來，天地刷洗得水晶般金藍，雨，確然已全晴了。有時，人世間就那麼容易到清明。

痛快！

我們容容易易走進神捕的世界中，尤其是我，被氣候「追趕着」的我，立刻便認同了那個人——神捕鐵良，因爲他有一副好身手，因爲他「處身公正，忠誠任事、敬天畏法」，因爲他竟由於人世間的私欲，處境堪危，一時有內奸外邪的交相陷害，因爲他活在一個四面楚歌，步步危機的死地中，因爲他含寃莫白，只能變姓名、改容貌，在人追殺中逃命，更因爲他能自逃避中站起來，一個人的站起來。

看到「神捕」，我們立刻被放置在一個「死亡陷阱」中。是的，死亡陷阱中。一方面是肉體上的，爲了一筆銀兩財富，有一個集團的人用盡手法要謀殺他；一方面是精神上的，由於他天生不男性的地方，（這一點，在原著書中有很露骨的表示。）結果他的太太不安份，有女性向他示意也不敢接受。兩種途徑都迫使他逃避，且不知逃到何方。事實上，由於這二種「無頭」的，近於「內在」的情欲要素，根本是無跡可尋的，他既然無法避免，且亦不能拒絕走進這場漩渦。人世間畢竟有很多事，甚至是不必要的不幸，驅使人通過無數的試驗，强迫體會黑暗，從而認知現實。但也只有這種經驗的人，才能從一個平常的每日過活的人，跳進更高層次的生存狀況裏。「神捕」本人縱使是身手矯捷，技藝高强，但他不外一個普通人，在十年捕快生涯中，他並不曾遭受很大的驚心動魄的試探。是的，他維持一個小康局面。然而，事物發展的規律總是這樣來的；他的能幹造成日後他人的妒忌，要去之而後快。也惹起一些利祿薰心的奸人的仇恨，要除此障礙，這種衝突遲早一定發生的，而且發生的事是致命的。我們剛好趕上了這個盛會，在導演刻意安排下，見證了一場史的悲劇。

「神捕」要在一個小縣保持地區性的安寧，當然是不可能的事。鄰縣的嫉妒，奸人的陰謀，與一般民衆的冷淡，平時無事，彼此可以保持一段外表的靜寂，但一當擁擠的暗潮轉爲急速的沖撞，他就不知身靠何處，只好走上一條逃亡的路了。整個故事便在描寫這個「逃亡」的過程，但和一些以「激情」來吸引人的電影相反，神捕是一個「勇者」，他的逃亡不是直線式的向外奔命，竟是圓圈性的繞着這道德敗壞的「中心」時而藏匿、時而搏鬪，固然這樣會連累着許多無辜的生命，但同時却可以藉不幸和血淚印疊出生命的眞諦，道德的止境何在。只有生命才能檢證歷史。

神捕的解脫也許在這裏，他將他的生命通過一場愛與死的博鬪。他受人凌辱，受社會寃枉（縣大人和民衆代表了這種態度），以及他自已內心的壓迫，（幾種女人的愛和幾條悲慘的命），像古代望門投止的張儉，或逼上梁山的林沖，終於戰勝黑暗，手刄大仇。他雖而因此殘廢，但內心由此更爲清明，個人生命更充實而升高，贏得整縣人民的崇敬，由一個簡單的悲劇人一躍而爲一個「道德人」。

我們如此地跟隨一個故事，因爲這個故事模仿了我們平凡生命中較爲嚴重、完整和有力的一幕，且訴諸行動。我們在故事運作中完成了可能生命中所無力達到的事。他如此容易帶給我們同情和恐懼，破壞了我們「例行公事」的無關痛癢的日常生活，我們的「良知」，被埋沒在每日冷漠的良知，因而高漲起來，直接地刺激了隱藏在泥土裏的同情和恐懼，我們的靈魂相從着「神捕」的恐懼而害怕驚慌，相從着「神捕」的不幸而感受嘆息，但結果一切終於解脫了，我們因「神捕」的脫身而出，大義滅奸，也同樣解脫，但這種「解脫」不只是情感歸於平靜，世界復因而和諧，而是高一層次的昇華作用，平靜是通過災難後的平靜，和諧是歷經變動後的和諧，生命因認識苦難，認識現實，認識到生命一定要戰勝這些人間的橫逆，要克服某些人因私欲所加的迫害，維護法律，拓張正義，人間才能成長新的生命。

「神捕」的解脫帶給我們高一層的視野。

禪起禪滅

但是，這一種解脫就停在第一層次嗎？

人不必需要理由來縱容私慾，但却對克服私慾要求一種合理化解釋，正如人不必爲自已遠行作客的動念而生愁，但要遠行一定要下某些突然的決心。

「神捕」也需要一個決心，一個合理化的解釋，所以在「神捕」第一次受到生命威脅，他被陷害，他在陰謀中由捕人反而被捕，他被人圍毆，他終於跌到一個死亡瀑布的谷中。在生死邊緣走了一圈，他不易走出來，在這種强烈的轉型中，他需要一種突破，無形的或有形的，從較高的結構那一生命層次，來俯視我們這個苦難的人間的……

也許由於古代中國，也許由於一個負性的智慧，也許由於人在最無可奈何中，常借形而上的遁跡來避免世間的輪迴，我們毫不驚詫的看到「神捕」走入了一個禪院，聽到禪師在「暴力」下談他的道理。（這裡，「神捕」借逃避來轉化人間了。）

道理？

古代禪宗的解脫也有幾種，例如一個比較著名的是蘇東坡的故事。『靑泥蓮花記』蘇子瞻守杭日，有伎琴操，頗通佛書，解言辭，子瞻喜之。一日，游西湖，戲語琴操曰：「我作長老，汝試參禪」，琴操諾之：

子瞻問曰：「何謂湖中景？」

琴操對曰：「落霞與孤鶩齊飛，秋水共長天一色。」

「何謂景中人？」

對曰：「裙拖六幅瀟湘水，髻鎖巫山一段雲。」

「何謂意中人？」

對曰：「隨他楊學士，鼈殺鮑參軍。」

「如此究竟如何呢？」

對曰：「門前冷落車馬稀，老大嫁作商人婦。」

故事還有一條尾巴，說琴操因此大悟，削髮爲尼去也。我們不太知道，古代這些妓籍，（或且是官伎），是不是那麼容易便能脫離黑籍生涯，尼姑固然是跳出是非，四大皆空，但與供人使喚，不入四民之列的爲奴爲婢的人，還有實質上的分別。且不太追究這些文人的一廂情願，由極「惡」一跌而到至喜，但究竟是古代文人一種歉意吧，留給不幸的人一塊「俗世常地」，一個渺茫但能暫時解脫的來世，一種痲醉止痛藥式的幻想。

人還是有他的理想的！

「神捕」我們也見到一種解脫。「神捕」在極危急關頭中碰見了禪師，他們有一段「緣起緣滅」式的對話：

禪師問「檀越從何處來？」

神捕答曰：「從來處來。」

禪師問：「到何處去？」

神捕答曰：「到去處去。」

禪師乃說：「檀越自來自去，白雲空往空回。」

禪師待半晌後再問：「你懂得緣嗎？」

神捕答曰：「百般無奈，去就兩難，步步都做不得主。」

禪師解曰：「做得主就是做不得主，做不得主才是做得主。」

神捕問：「弟子請師父作主。」

禪師解曰：「鳥鳴山自寂，風動樹生聲，大千殊萬相，各有繫繩人。」

神捕再問：「從何做起？」

禪師解曰：「折戟沈沙鐵未消，自將磨洗認前朝。」

神捕又問：「認出什麼？」

禪師解曰：「孤帆遠影碧空盡，唯見長江天際流。」

神捕問：「流到那裡？」

禪師解曰：「千山鳥飛絕，萬徑人蹤滅。」

神捕問：「如何了得？」

禪師解曰：「深林人不知，明月來相照。」

禪師自有他與人間連繫的地方，所以他的草鞋中也繫有一根草繩，但他所追求的，却是一個萬籟皆寂，天地無音的空幻境地，也是人跡不到的地方，如此，生死固然可以無別，但人間恐怕所剩也無多了。我們通過禪師的解說，或得到一時的個人的寧靜，不久我們發現這畢竟是一個「自了漢」的行爲，古人說，「置四海困窮於不言，而講危微精一。」那麼，學問固然極好，心靈如彼寧靜，又有何用？禪師的解脫顯然只是一個避世隱居、懸崖撒手的人之一種虛空觀，而非一個身負深仇大恨，胸懷人間苦的人如神捕所能接受，果然，神捕懷着「一生常恥爲身謀」，要重到人間，斡旋氣運，利濟天下，他一定要下山去。

一切法相，皆由身顯

神捕一定要回歸人間的。

禪師問：「終是要去？」

「畢竟要去。」

禪師再問：「何謂畢竟？」

神捕回：「一切法相，皆由身顯。」

永恆的太陽，如果沒有爲它照射的人類，那麼它的光芒又有何用呢？

人從人間茁大，也必然從成長中發展人間，即使是「解脫」，也應回轉到人間才是。

神捕身負陰謀陷害，從被控謀殺，就捕入獄，押送途中爲人追殺，多人爲他而流血死亡，他逃亡到禪院，通過試驗，他一定得重出江湖，再入人間。縱使會有更多人爲他忙碌，爲他流淚，爲他流血，爲他死亡，但他還要重站起來，證明人間還有公道，還有法律，還有天理，還有人。好像他走上了一段古代神話英雄的冒險旅程，其中是很富人間意味的。

『山海經』：

「夸父與日逐，走入日，渴欲得飲，飲於河渭，河渭不足，北飲大澤，未至，遂渴而死，棄其杖化爲鄧林。」

夸父爲什麼要逐日而走？爲什麼會渴極而要在黃河渭水求飲？乃至渴死？死後要靈魂化爲一片樹林，長留綠蔭在人間？

也許是古代神話反映了一個有限度的人間。古代中國可能經歷一個大的旱災時代，太陽暴虐大地，人類與酷旱相拒，所以也有后羿射九日的神話，夸父是這類神話的英雄。他找尋解決人類苦難的方法，追逐着人的來源，他發覺到「水源不足」，要另闢新的生命源泉—求於大澤。（當時可能南部中國還未開發，爲不可知的蠻荒，而北部中國歷史傳說的「北海」地帶，可能是當時的大湖，比今日的貝加爾湖大得多。）最可令人感動的，還是他死後化爲鄧林，爲人間造福。

「神捕」的故事也有這樣象徵意義嗎？

神捕的下山是求取他的「清白」，可是，「一切法相，皆由身顯」，他說出來了，他已超離了個人，追求的已不只是個人的清白。因爲他敬天畏法，所以在嫌疑未清的時候，甘受俗吏凌辱。（或如原作「緣起緣滅」一書中，神捕拒絕從牢房牆頭翻牆而出，他說：「不可以，牢牆雖然不會說話，不過那是國法。」國法是一切人都得遵守，除非那不能眞是法律。否認法律。）

神捕超離了個人恩怨，因爲在抗拒羣盜的殺戮中，他身上已沾染了其他無辜人的鮮血，他背負起了無數他人的生命。他代表了正義，國法有時照亮不了的人間黑暗，有時無法保障人的生命和尊嚴，但人必然要站出來，維持國法的清白。

神捕鐵良回到人間，人間不像禪院，屬於世外的逃避藪，人間是國法所在。

神捕鐵良要以己身來顯揚法相，是有形世界的眞身法相，也是我們要維持人間世界存在的法相，這法相是用法律和公道所建立的，一個合理的適於人居的世間。

是的，一個理性的，清明的，我們的世界：沒有神，只有人。也許作者的本意就是如此。「神」捕鐵良，一點也沒有「神」的地方，他的武藝，他的敬業態度只是他做人的條件，他不是「神」，但我們何必要求「神」，不是早有人說過嗎？神已死了，我如今來說人。這個神捕實在是人間的公僕，你來成全律法，把人間不合法，不順理，不行天道的惡人一一斬除，所以，在發

現他可能無力制裁惡人的囂張狂妄中，惡人在大笑再沒有阻止他的力量了，他會大叫道，他並不要求「神」力，而是

還有國法！

還有公道！

還有天！

就是說，這永遠有一個理性的人間存在，不管他走得多遠，他逃不了人間無限追蹤的理性制衡，那而且比人間的有限的法律更長久、更嚴密、更直指內心的。人間的歷史是這樣來的。我們中國傳統的一句話：

天網恢恢，疏而不漏。

固然是古聖哲的歉意，但却是我們民族所堅信的，人不能求得心安，知道自己所做的是合於公義的，人間理性的行爲，那麼，活下去又與死何異？人與「禽獸」的分別在那裡？

「神捕」的解脫正在這裡。

他戰勝了人間的私欲，他克服了自己生理上的「不人道」的地方，他掙扎於世間的苦難，他擺脫了到禪院逃避現實的岔路，他回到人間，證實了人性社會建成的理性，他打擊了人間禽獸的惡德劣行。他的解脫也證實了人間的條件，只有如此，人才有存在的理性。

受苦的人沒有悲觀的權利。

我們要有建立我們理性的人間的理由。

「正常」武俠片

一、武俠片的循環

在中國影壇上，「武俠片」一直是一個受小市民歡迎的類型，從最早期的算起，民國十七年在上海攝製的「火燒紅蓮寺」，到現在竟有五十年的歷史，經久不衰，拍之又拍，眞令我大爲驚訝。

武俠片最初出現在上海影壇中，短短三四年間，竟拍成了二百五十多部，產量佔當時出品（四百部）百分之六十的比率，也可算是一個世界紀錄。五十年後今天，臺、港國語片影壇，武俠片比率恐怕仍維持着百分之五十吧？也足使人驚奇一問：這五十年來中國歷史究竟進步了多少？說實話，連投機取巧的好萊塢商人，現在也順應「世界潮流」，不再大吹特擂他們的「美國僞史」——英雄開拓美國西部史，什麼星期五醫生、比利小子等等終成爲歷史渣滓時，台、港電影商人仍有那麼好的胃口，更够我們消費者大大讚賞，而大吃一驚？眞的，砍頭的生意有人幹，虧本的生意不做，想來是老闆看準這個玩意兒，三五年間的循環週期，舊的老去，新的入迷，也可見這類電影絕無「教育」意味，因而每新一代皆必需重複上一代的陷阱，然後才能震拔出來，雄飛於世。我們不能不驚慌且怒，難道這是我們中國人的命運？

也許我們可以原諒地寬恕自己一次。每一新代都有新的戀愛方式，詩經的：「有女懷春，吉士誘之。」「舒而脫脫兮，無感我帨兮，無使尨也吠。」到，「司馬相如以琴心挑之，文君竊從戶窺，心說而好之……文君夜亡奔相如。」而自昨日的：「捕破網」，今天的，「把我倆的愛，抛在河裏，埋在土裏，從今永遠永遠的忘記，」雖然，萬愛不離其宗，但兩性的關係既然是人間不變的現象，想來是不能排除其中驚艷和做愛的場面了。國片中不乏戀愛鏡頭，但含羞的中國人即使有勇氣脫光接吻，竟不能做出更動地感天的愛情故事。那也罷了。

可是！武俠片拍來拍去只有一招，那就是，一言不合，動起武來。我們想不出要七年再拍一次「江湖奇俠傳」。十年重攝一次「水滸傳」的理由了。難道我們眞需要這些文化上的惡性循環？

二、武俠片的迷失

流行武俠影片說來是頗爲直接簡單的。

先假定有一個「正統」吧。這種正統可能來自唐代的劍俠小說，或模仿水滸傳一段情節，不外是以有怨報怨，有仇復仇爲經，用「一刀劈開生死路，雙劍打斷是非根」爲緯，內容以武勇殺打爲主調，但過場却有一些人間事，例如弱女子報父仇，勇劍俠殺土豪等等替天行道的事。

到了後來，人們不滿足「太簡單」的故事，甚至在心理上有感到不能補償的加倍失望，本來是古人一種歉意吧，利用神鬼反寃案、俠客打不平等等，對一些在當時不公道社會上，許多受苦忍辱的人，因此得到了一些「來世諾言」的精神安慰。可是，在天地顚倒，八方同昏的年代中，在百姓所見所聞的苦難和悲哀太多了。單純的「善有善報、惡有惡報」已不能滿足他們受傷害的心靈。他們在現實生活中得到的苦悶和煩惱，需要不僅是做夢的平反，而更是肉體中的轉移和苦惱的發洩，應運而生的適合小市民趣味的所謂「機械打鬪」，神奇幻想劍俠片，這類神怪沒有意義的片子，在電影初期曾大行其道，例如「火燒紅蓮寺」曾拍出連續十八集之多，邵氏前身的天一公司也曾開拍「乾隆五遊江南」共九集，或友聯公司的荒江女俠（十三集），月明公司的關東大俠（十三集）。一時到處都是飛劍、神仙、行雲、駕霧，天上熱鬧得很，使人忘記了地下依然爬着泥濘，悲劇的人呵。

其實並不是時間太早喲，到了一九六四年，邵氏的大老板還在香港開拍「火燒紅蓮寺」，依然是神怪和荒誕的打打殺殺，滿地鮮血。自然，如今是翡翠七彩啦，快速鏡頭啦，打殺特技啦、艷麗佈景啦……等等，只是當年一點點的「路見不平，拔刀相助」沒啦，邵氏主持下的武俠片純是暴力加血淋淋的殘忍片而已。

人們也不喜歡這類東西太久，神怪的、與人世無關的只能滿足短時期內，一些「逃避現實」的心理罷了。等到浪潮一過，生命的意義又重新浮起，那麼他們的頭會望得高一點遠一點，再也不會光顧這些「怪、力、亂、神」了。

民初為背景的拳脚動作片開始大行其道。一方面，活在大都市的小市民們，空閑時間不少，而又時時意識到自己困身在一個商業鐵籠中，不能自由，而且無地可去。他們毫無疑問的需要「娛樂」，文化享受方面也好，肉體方面也好，現在的問題是怎樣滿足或塡補這些空檔而已。民初背景的拳脚動作在一時期可能適合這些苦悶的空隙。一來他是頗接近現代的衣飾人物和故事，另外它還供應了一些揚善抑惡的心裡安慰。

值得一提的是這時期出現的「李小龍」。李小龍自然有他吸引觀衆的地方，但值得硏究的反在他的角色和他的劇本，「唐山大兄」刻劃了中國人到南洋開墾的細情，「精武門」却適時地認同了民族主義的憤怒，百年來中國受列强欺侮，國人希冀自立自强的心理，可以自戲院中鼓掌歡迎李小龍打碎「華人與狗，不得入內」這個牌匾告示中表露無遺。

可惜電影界並不曾多拍這類武俠片，依然在拳打脚踢，頭破血流上打滾。李小龍屍骨已寒，中國武俠片依然沒有起色，不是以大堆頭浪費金錢上努力，便以動作滑稽，劇情荒誕的×拳×手上下功夫，總之仍在滿足小市民找尋趣味，找尋刺激的官能觸覺。電影演變爲一個純消遣的「文明」，助長了亂世中人們吃喝玩樂的放棄心理。

從胡金銓先生近期的武俠片，我們已經體察到他像已覺悟到要走出這條死胡同，而致力於求變和求新的變化，最少在電影技術上他是如此。

康白先生大概也作如是觀吧。他的處女作「神捕」好像在摸索着一條路。……

三、「神捕」的理性武俠片

三千多年前論語上卽說過：「子不語，怪、力、亂、神。」

他的意思是說，一個正常社會，有他的「規範」。周朝當前急務是一個各安其位的農業社會，一個有「理性」的社會得要合理化的解釋。怪、力、亂、神，不是農業社會所能控制的，也非他們所願見到的，這些事一定會破壞它的安寧，它內在的理性體系，所以就不要講了。可是，百年來中國動亂，人心浮搖，每日所見所聞無一不是非理性的東西，也許直是「存在的皆是非理性的，非理性的方能存在」。今人之言，必怪、必力、必亂、必神，我們還能多辯什麼呢？

康白先生從小說「緣起緣滅」，改編爲中影公司的「神捕」，我想卽使沒有完全脫離「子不語」的禁忌，但確已盡了一番力，所以我才感到，這可能是武俠片又回到「正統」的行俠仗義，為民除害那類的傳統。

（怪）：「神捕」並不怪，它的劇情安排，確很引人入勝，故事緊湊，到處有懸疑，甚至一直把觀衆迫得透不過氣來，但這只是一個說故事的手法，也是當前許多有才氣的導演，與觀衆鬪心智的一種手法，想為觀衆所歡迎的。但一經點破，可以自圓其說，我想這不是怪誕派如飛劍、神奇武功等等的。

（力）：武俠片離不了「力」，自然，「力」是我們世間一些正常的活動，「力惡其不出於己身也，不必為己」，我們還是需要「力」的，只怕「力」沒有正當運用而已。「武王一怒而安天下」所用的力，和「陵夷至於戰國，合縱連衡，力政爭彊」的暴力是頗不同的。「神捕」所討論的力却是人間正義的力量，我們看到一個受苦奮鬪而必戰勝的自由靈魂！在這世界上，肯定良善的力仍是促進和平的大力。

（亂）：我們在武俠片中看到通常的「亂」，不單是外片以打殺為主色的亂局，亦為反壞整個社會結構的內在倫理的亂。從以前的「獨臂刀」，「盲劍」，到最近的什麼啞俠、醉道人等等，他們所强調的是，以殘廢勝健全，以偶然為必然，無理成道統，以不幸作正常，一般武俠片中常出現的是、盲、跛、聾、啞、婦人、孺子，用非常武功來打殺大漢、强壯、健康、青春……這些扭曲常理，反循例漸進的現象，正是亂世僥倖心理。神捕中，康白導演反對這種「變態」，他要重建社會纖維，為一個正常，理性的未來，而投出一支標鎗，正義的鏢鎗。

(神)：「神捕」其實不「神」，這和市場武俠片的神奇武功，過人技能來取勝，但「神捕」却像普通人一樣，他所戰勝邪惡却不是神怪力量，不過是「正常社會」所賦給的「人性」，也可以說他代表了人間的法律，我們確需要這類理性原則來維持，否則人間也不是人間了。

是的「一切法相，皆由身顯。」我們很欣喜康白的「神捕」走出了一步，把武俠片拉回人間，重新用借「武」來談人性，來談道理，來談正義。我們一方面很「娛樂」的欣賞這部影片，但春秋大義責備賢者，忍不住說這片子內涵還是可加減的，對人性的肯定還是可以再進一步，甚至可以把個人英雄改爲社會英雄的，我們以爲其中細節頗可商議的，但這只是第一步，爲中國、爲正義踏出第一步，這種工作永遠需要人來做。對康白我們期待看到他另一部多談人性和理性的影片。

平原極目

——從「龍門客棧」影片談起

(1) L'avventura

「對我個人而言，我喜歡拍製對「影痴」以及對無意中看到的觀衆有完全一樣價值的電影。無疑，影痴們會看出較多意思，但他看出的應是附加的而非代替的。電影是用來觀賞的。」

François Truffaut

「龍門客棧」一片在全美放映以後，正是「學究與市民齊飛，淑女共生徒一色。」確實是國產片中，令觀衆眉飛色舞，雅俗共賞的電影。

導演胡金銓早年拍「大醉俠」，已見顏色。雖然該片後半草草散場，不了了之的鳴金收兵。

故事也還是落入流行的半神怪武俠小說——如果還不是武俠片——的窠臼。但就前半看來，如介紹鄭佩佩出場，如客店拒敵，鏡頭靈活，手法乾淨，對白簡潔，大半的怪異武功、暗器，也可算增長片中的趣味性。大體來說，製作（前半）認眞，看來舒服，在娛樂武俠片上，確爲中國影壇所少有，金銓培植了他的觀衆和他自己。

「龍門客棧」乃其新作，且經其獨力編導，組織公司，訓練新人而拍成。這種劇團式作風，在外國原是司空見慣，瑞典、波蘭、捷克的導演群，甚至法國的高達和杜魯福也有此傾向。但在今日中國，仍是大事，可能也是打破明星制度，轉到看重藝質的唯一方法。和所謂自組小公司的換湯不換藥方式，不可同日而語。

「龍門客棧」故事簡單。明中葉大監特務猖獗，主持東廠，殘害忠良。尙書于謙獲罪被斬，東廠主持曹少欽太監（武林高手）趕盡殺絕，迫害在充軍途中之于謙的兒女，路上災難重重，幸得于謙昔日手下將校後裔維護，在龍門客棧與東廠特務大戰，最後復殺死曹少欽，終達目的地。

于謙在歷史上與岳飛齊名，故事可說人所共知。野史且入諸演義及近世武俠小說。研究明史者對此題材也屢見筆墨。正史已替于謙說話，而明憲宗也已昭雪于謙，了却了這場歷史公案。

本劇從何取材，當然不得而知。史載明英宗時與北元交惡，英宗親征，兵敗土木堡被俘。于謙懼北元挾天子以令天下，乃與群臣立監國英宗弟爲景帝。後四年，迎返英宗，但景帝不肯讓位。又四年乃有奪門之變，英宗復辟，功臣如徐守貞等云「不殺于謙，今日之事無名。」於是，于謙及昔日擁立景帝群臣或斬或充軍。因此，于謙可說是政治犧牲品，若罪及妻奴，斬草除根，則也是英宗或復辟功臣意旨。這兒毋妨說曹少欽影射其中之宦官曹吉祥。（曹亦復辟功臣，屢任監軍，私養備隊，後且總督京軍三大營。以造反處死。）惟史載主殺于謙乃徐守貞。至於明代政治，仍是中國皇朝老套的黑暗。太祖殘殺功臣。成祖篡位，以宦官忠于己，且頗有才能（如鄭和、馬騏等），乃頗重用之（見明史及趙翼劄記）。後設東廠，令刺臣民隱事。但和太祖朝設之錦衣衞一樣，規模不大。由太監主持，有權刺討不法，也有權逮捕人、審問人的，這却是英宗之子憲宗所立之西廠。

稗官野史小說筆記、不過借史事一小段作楔子，且時常有意翻案，本不可盡信或不必重視其根據。

電影故事同。而歷史上有出入本來是無所謂的。我們不妨同意，電影的最基本仍在「娛樂」，希望觀衆忘我地投入，以求獲得人世現實外的補償。于是，某些浪漫的道德情操，某些生活的缺陷需求，某些非人間的「詩」情「畫」意，甚至某些悲忿痛慘，經過移情認同作用而合併，也可以變爲純物性的存在。當然，更有某些生命中需要塡補的偶而時間的空白，種種都可以藉電影的設計和內涵，得到自我逃避的片刻快樂。這些「走出現實」的需求，其實可以施之任何藝術，尤其是古代的傳統藝術。一般來說，且與對象無關。「梁祝恨史」和「恐怖的伊凡」有同樣的作用，只要觀衆能忘我地投進。因此，其優劣不能全以此爲標準，主要的恐怕仍在藝術本身的要求上面。

「龍門客棧」是一個歷史故事電影。許多地方上，而且巧妙地用了史事，（雖然我以爲不必要借于謙之名）這兒我們不妨先看看故事的節奏方面，然後再從製作上，說及它成功的地方。

「龍門客棧」首先把「史實」和「故事」分開（用片頭字幕）于是正史中一點史實遂被利用爲片中背景使故事發展有心理上的準備。就如小說中之楔子。

（甲）開始是錦衣衞，東廠主持曹太監少欽在法場把于謙斬首。旁白加入，明朝特務流行，殺害忠良于謙。用旁白當然借助了它所代表的權威性，說服性，以示此乃不容否認的事實。（第三人的聲音更强調這種假定式的眞實性）。於是觀衆心理上仍劃分爲兩半：忠奸對立，好壞立判。傳統道德上所有的意識型態，如忠臣、孝子、義友、俠士等等。一齊可以附加於觀衆心理，我們立卽選擇立場，認同一方。在以後刀來劍去，沙塵滾滾中，有愛惡的對象，善惡的方向。（自然，我們大都走向good guy「忠良」那一方。）

於是，戲中不能辨別的便辨別出來了，可以分別的也不必再分別了。背景的介紹已說明這關鍵，而在片頭主演者的文字隔離中，也就是上面所言及者，乃成以後判斷標準、在觀衆心理上和時間上，遂加了深一層的假定。

（乙）電影開始，恰和以前的楔子相反，它的進展完全不靠歷史事實了。不只如此，以後幾乎全是動作的，打鬥的連貫。而且在幾乎沒有故事，沒有大起伏的情節結構中進行。最初是一場小打鬥，東廠派武士追殺于家兒女，因人阻攔不果。第二次是一場中打鬥，東廠武士領隊在龍門客棧佈置埋伏，準備暗襲于家兒女。幸而有于謙舊將及俠士出面阻梗，雖然兩敗俱傷，但他們仍逃走了。最後一場大打鬥是曹少欽親自出面，在山邊路上截擊，護送的俠士們乃圍毆曹少欽，同歸于盡。故事發展是直線進行，打鬥也套自傳統武俠小說手法，一場比一場劇烈（由小而中而大），到山路上論劍而結局同死爲止，節奏分明。說起來，這手法控制雖頗爲老練，但並不新穎，也不能談到有任何特別的技巧。而且，由於故事並不安排懸疑、伏筆，觀衆幾乎一開始便可以猜出結局似的。因此其中重要的電影進展全靠片中「武打」爲支柱，電影中主要的節奏也不在其故事的處置，而在打鬥的表現了。

但「龍門客棧」最成功的地方原在它的表現，我們不妨就所見談談。而且用胡金銓所導之「大醉俠」以資比較。

（丙）製作：我們已在「大醉俠」看過導演結實的作風（尤其是上半部），本片更貫徹這點。全片一絲不苟，努力認眞，有一些小地方更見其用力處。如客棧門前的大白粉圓圈，原爲北方農家嚇狼用的狼圈，雖于劇情無關，且南方人不易知道，但可見設計細膩。衣服多新做的，很好。只是微令人有太鮮艷和太新的感覺，尤其在僕僕風塵以後。客棧一場佈置像大醉俠，但較樸素。

無疑，本片製作多選郊野爲背景，容易控制及討好，但導演並不從此敷衍，全片拍攝認眞，不浮誇，看起來碍目地方很少。

（丁）鏡頭：中國影片一般鏡頭可說是遲鈍不動的。本片和大醉俠，鏡頭很靈活，交代也乾淨俐落。但剪接並不出色，可能因「時間過長」而被剪短之故。故事簡單，交代清楚，鏡頭可說運用自如，只需在武打上轉動而已。且由於製作小心認眞，很多頗具匠心的打鬪設計，看起來悅目有趣。有幾個遠鏡運用頗有尊福味道。但從高一層看來，鏡頭雖够活了，只是多爲交代作用的，例如在一場打鬪中，頻頻特寫兩方的表情之類。因此鏡頭的作用只是客觀性而且單爲叙述性，而沒有一些導演主觀下所左右的風格表現。換句話說，鏡題缺乏個性的表現，只在反映一些故事情節，而非欲表白任何影像後面的含意。另外，技巧一點，趣味性一點的運用也幾乎全沒有。我們不明白，難道攝影機的功能只在想把鏡前的現象紀錄而已。不加一點分析性？不加一點引導性？（不只如此，鏡頭其實常用來加强電影的內涵，我們可以引用愛森斯坦（Eisenstein）的名作，來作一個小說明。在「戰艦普特金號」之反叛前。一個小兵洗擦餐碟，突然他見到了碟上寫着的「而主賜我們今日之食」一句話，想到自已生活之苦，他拿起那碟子，要向地下碰碎，愛氏「蒙太奇」來了，這時，鏡頭停了一停，然後用不同的四方八面角度拍攝同一碰碟鏡頭，效果極佳，像許多人同時要反叛一樣。比較起來雙城記的表現便軟弱無力，而且技術手法太平凡做作了。）

（戊）手法：中國電影可說是呆板、平淡，缺乏平滑性的手法。看中國電影常只是看到了陳舊熟悉的故事之電影化而已。我們所常常看到的也許不是電影而是故事，或者只是昔日聽那故事時的回憶。這種反應正如許多舊詩詞對今日的作者和讀者之作用一樣，不是再創造。「龍門客棧」可以說是進步了，可以說故事了（導演主旨恐怕也在說故事而已）。導演大量利用動作，在片中武打已不全是硬打硬擋，而是在打鬥上穿揷許多驚險的配置，趣味性的小動作。無疑，這些不過是配料，對全片之進展來說，無大重要性，亦無大關連。但武俠打鬥本爲「枯燥無味」的場面，儘管武俠小說，可以描寫得天花亂墜，但電影脫離不了地面和人的生命，花樣究竟有限，因此這些小趣味確有調劑作用。另外，如在客棧中一場下毒，雖並不太新頴，但也頗有一張一馳的趣味，惹人叫好。和「大醉俠」中，手法時有賣弄的反作用，本片已大爲減少。小動作，暗器，絕招等在「大醉俠」中有特寫，這兒像已能溶入片中，反而更佳。

（己）編劇：由於本片主要在武打娛樂上，編劇當然儘量簡潔清楚。故事雖無特別之處，但頗爽朗，最好的還是，對話雖少但扣得很緊。我們在前面已提到過，運用些史料使故事加入一個中心（雖是牽强的中心），故事線索也由此而生。因而也不需要許多交代和說明了。

總之「龍門客棧」在製作、編排上都很認眞，看起來也很悅心暢快。電影技術上達到頗高的水平。彩色也很好。雖無特別大的作用（如不妨對比性用色等）。娛樂性也很濃顯，是可以一看的電影。

（2）Vivre sa vie

「我不喜歡說故事，我寧願利用一種花毯似的背景，讓我可以織繡入我自己的意見。但一般說來，我真的需要一個故事，普通的，約定俗成的就夠了。或者這樣更好。」

Jean-Luc Godard

或者我們喜歡這種電影——

背景有了：大自然，喧鬧的都市，瘋狂的機器時代……也許是任何因素的歷史場合，也許是不明所以的人間的劣行，甚至於這人那人或社團或會黨所加進的，像道德和圖騰的各種禁忌，或使任何人可能變形的背景。

之後，電影立刻跳上一個曲面的藝術世界。（例如說希區考克 Hitchcockian 的變值世界，尊福 John Ford的西部神話式王國，路易士 J. Lewis 的笑鬧天地，和某些以唱歌代說話的童話仙境）……但，由於這背景是那麼强而有力，又能與觀衆生活在一起，而情勢，境遇又那麼迫切需要。電影本身的跳進並不偶然，而我們的介入接受亦不勉强。那麼，電影就開展了……

也許正像這時代的任何眞實生活一樣，一個不說話或沒有個性的（Anti-Characteristic）的主角，進行遲緩或快速並無故事（Anti-Story）的動作，轉折開放但毫無情節（Anti-Plot）的像貌……。這種電影是不常存在的，尤其是在中國。因爲它太接近我們的生命本身，但這是一些法國電影Cinema Verité的趨向，如同寫法文採即興式——一種潛意識的自動寫作……西方接近它的是高達的電影，「喘氣」、「輕蔑」、「女人便是女人」，「男性女性」、「已婚婦人」等等，等等。

中國。「龍門客棧」似乎也「意外地」接近它。接近一種開始走向感性、反知性、反對故事化，且走向也許是生命，是本能的「空白電影」。

電影，我們的生命，電影。

生命本身是不能加以辨別的。它的存在與你的存在，它的變動與它的定止，從生到死，從病到老，生命糾纏着你，從災難到失望，從快樂到激動，從恨到愛，身受纏結着生命，永不放鬆，永不言和，永不休息，緊貼着以至於終。例如在一個喋喋不休的女售貨員口中，例如在連續不斷的車聲和碰撞裏，例如在歡樂雷起的嘻笑哭罵之內，例如在不必言理的爭吵嘈雜的街市之中……糾紛永遠不停，好像每一時間，任一地點，我們也會遭遇仇家或閒漢，而發生一場打鬪。一場筋疲力竭的搏殺，而且分分秒秒我們都要押注了榮與辱，生與死。在這整個進程之中，沒有人告訴我，我們也找不到一些理由，看不到任何方面，面前交錯的常爲血肉，而這就是實在；我們也無法知道自我和處境。命定似的，那時，一種純物性的赤裸的白夜一般的存在，我們就是我們，沒有過去，沒有未來。或者，過去未來全濃縮，集中成了一點。我們的行走轉化爲動作，一種全爲意義而或不帶任何意義的動作。眼見的，耳聽的，心驚的，身悸的，全是動作。

動作的世界，「龍門客棧」，純粹動作的世界。

往何處去？永恆動作的天地，你往何處？或者我們往何處去？無名無姓的現實，也如此不爲什麼地建築在荒野，像多天向大自然伸掙的大手，秃野矗立的寒風。動作和荒野揑合了「龍門客棧」，和它單調的存立，也因如此，它的世界是自我封鎖的，從不與外界交往的。桃花源式？？或未來幻想世界式？自求滿足的世界？我們時常可以看見，每一個動作和任何言語席捲所有人。什麼事都嚴重地相關，什麼人都不能避免的陷入這漩渦。但這種介進又是那麼單純和獨立，似乎其目的只在介進，而非意指其他。也許這樣便走進一個生命的祕密中，一個人的自相一致的內心，包含一切而又不指涉一切。於是，我們看到，有二方在爭衡，但好壞無從分野，善惡不能辨別，正負原非可以認同，只是相持，甚至打鬭，沒有方向，似乎是一種原地運動式游戲，而非前進，而非勝敗，那麼地互纒互結，似乎是大怨仇的死約會，然而又是不相認識的陌生人。

不必分別正邪，不必表現個性、個人，不必檢查時間，不必解釋打鬭的含意，不必計劃這個世界與外面的不同或共通點，不必象徵成長的程序，不必證實這本是必然性的或偶然性的邂逅，甚至不必了解其打鬭，和爭衡是否就是生命本身。因爲我們已給出生命，而我們正在生活之中，眼前已有足够的一切，已有豐盛的生命讓人活下去。不必再問：是我？是這裏？是現在？

（龍門客棧建立的根基或如此嗎？我們注意到它，因爲它本身的堅硬和奇異性。世界，歷史，人的本身，本全是一種解釋，對未知的說明。我們不能拒絕與外界結合，正相反，我們之接受生命便是從此而溯源；也希望從此望向遙遠而又遙遠。爲什麼不可以呢？當每一個生命皆如此赤裸，如此荒誕，又如此充滿着動作而來，假若我們眞的生活在這現實的生命中，我們果能了解生命嗎？）

（3）Sommarlek

「你知道這句話！『Larvatus Prodeo』我用面具表現自己，但我亦給你看我的面具。電影本來就是由「自身明示自身」的技術。揭露這技術便創造一種真理。技術並無『先存在的』真理，它單獨地就可擒獲真理。所以我說故事在九十分鐘開展，在前在後它皆不存在。電影完了，如主角他離，他們並非去別處。他們停止生長。除了這兒和現在，永無其他。」

Alain Robbe-Grillet

電影，每一個電影皆可獨立地存在，成一單純的個體。它本身能說明並表現它自己，好壞完全由它所展示的內涵和外延而定。我們可以單獨地從它所映出來的面目，來討論它的成就，不必理會其他。我們會問，電影怎樣開展，怎樣建立它的藝術世界？怎樣聯結這世界和外界的關係？個人與個人的關係？這世界的法則，它的完整，各方面的平衡如何？……這些純電影「本身」的研討，事實上，就是藝術理論上的「形貌，生命，意義」三要素，（Art-form, Art-life, Art-meaning）。電影上，最易看出其經營及手法的，似是希區考克的電影，如「觸目驚心」Psycho,「神秘賊美人」Marnie……皆巍然矗立着獨特的藝術天地。

「龍門客棧」可以從這種觀點來討論嗎？我們可以根據影片內所供應的一切，來探討它的藝術世界嗎？我們不必談及中國目前的電影工業，我們知道它的局限，它各種的不可能。

我們已談過，「龍門客棧」很奇怪的混合了許多藝術上的特殊手法，（是有意或是無意？）我們注意到它不「注重」故事，它「放棄」情節，它「拒絕」解釋劇旨。（劇首片段的忠奸抽象觀念，只是提示或點綴。）它不替角色造型，它不安排人性的交結，甚至它不與外面世界通往交接。像一羣陌生人偶然的匯聚，命定式的機械性的打鬪在一起。……這是一個很有趣味的串合。但如果不止在它的娛樂性，我們若從藝術的要求上看，若從電影的技術與表達方法，如何與生命相結連上看，若從電影所能達到的藝術的、擴張生活的平面上看……我們會懷疑這全是「意外的混合」。更由它缺乏電影技藝上的平衡和完整性，會否定它是一個藝術電影，或有藝術傾向的電影。我們記起了Truffaut的話：

「作家導演」失敗的電影比「不是作家」的最好電影有味。

以下我們從背景、情節、意義、故事四方面來討論：

(甲) 背景——藝術的空間

藝術之有世界，猶人之有生命。「龍門客棧」的世界很奇怪而平淡：它的構成可能是現實世界的一些人，但這種人個性單調，甚至於沒有個性，且進至一個A、B或正邪、忠奸的二分成員人的世界。因此，每一個人密切地關連着這世界的成因——某種意義的打鬪，這種打鬪是先驗性存在的。這世界沒有閒人，沒有第三種人。只有二種人常常糾纏着，不死不休。人物也相當機械化，不像凡人，總之，這是一個毫無內涵的白痴型世界，如非天才世界的話。再進一步，我們不能替它下定義，也無從區別它與外界的關係，因爲它是自我封鎖的。如果眞的有一外在現實世界，它也漠視其存在，它從不與外面世界對比，甚至交往，在整個電影中，我們也見不到我們的現實世界的任何人和事物。而這電影內世界的重要只在打鬪。打完卽完。確實，這世界非常空洞無味，而因無對比，衝突，它的存在毫無理由，它的指向全沒深度，也許只是現實世界中一個零碎而無趣的「空集」。藝術世界中通常有的平衡和完整，在這兒不能引起任何意義—因而不存在。中國最著名的世外世界，例如「桃花源記」或「南柯太守記」和「龍」片比較，也許可以看出藝術世界的所在。桃花源記當然是反現實的理想天地。——秋熟無王稅。荒路曖交通。怡然有餘樂。于何勞智慧。——它的存在在敍述其與外界之交通，在叙其不同，在叙其自圓。（如與淵明其他詩相讀，此可爲序。）南柯太守記的世界却是一個濃縮的眞實世界，比現實更眞實，因而「故事」有首尾，世界平衡而完整，不像在人世中許多事湮沒，許多事自成缺陷，無從相對，無從結束。「龍門客棧」並不如此，我們認爲它無意建立另一個世界，只是聚集一些閒漢，在荒郊大鬭一場。一次娛樂性，表演性的聚鬭。背景中的世界，毫無內容，不值得重視，只像一幅平鋪直敍的廣告畫。「龍門客棧」，唉，一個商業性的電影吧了。

（乙）情節——藝術的控制

「龍門客棧」不是純粹的故事電影片，它缺乏故事片的離奇、曲折、驚險的情節。它的一切全放在打鬭上，而由於太注重這目的，它放棄說故事的懸疑和花巧——或者甚至忽略線索和轉接。它的設計大綱是：一個導向打鬭的楔子（斬于謙並充軍兒女），最初是小型打鬭（東廠派手下追殺于兒女，不果），中場是中型打鬭（東廠領隊和護衞于兒女之俠士羣毆于客棧），結局是大型打鬭（四俠士圍攻東廠總領曹太監）這情節本是一般武俠小說和西部片的一貫作風，直線上升的懸疑和緊張佈置。可惜的是本片爲先天和後天過程所限制，這效果並不高，幾乎無越級懸疑和緊張作用。因爲打鬭儘是打鬭，但原班人馬的打鬭，能有什麼新招？我們知道，在武俠小說中，如以「射雕」爲例，由郭靖與楊康小兒之戰，到華山論劍，其間屢歷兇險，到武功大成之時，讀者自能接受，因爲有文字上的「提高作用」。但在眞人眞事中，這些並不易入心，因爲人之動作——武功，實在分別有限。卽使導演用了許多苦心，但並不使人感到「打鬪」是越級了，或更加精彩緊張。如果故事太弱，漫長的打鬪只宜於某些狂熱「動作片」的人，對其他人毋寧是一種忍受。打鬪雖好，情節的控制，和伸縮並不吸引人，只是一「打鬪娛樂片」而已。再說，片中情節進展全是直線型，沒有對比的遲緩（延長懸疑，加强緊張），沒有枝節的發展，沒有取決的猶豫，甚至趣味的穿插也很少，這種盲目飛行，似乎脫離了藝術平衡的原則。也使人無從證其完整，因不知其走向，例如再多幾場打鬪也可以。這是一個純娛樂性的片子，情節本身不必自立，而只介紹它的打鬪：娛樂，不必談控制，時間完了，一切也完了。

「例」：黑澤明的「天國與地獄」

黑澤明的電影對世界的看法幾乎完全一致，無庸多論。我們只看看，對於一個簡單通俗的故事——（擄小孩勒索的强盜追捕記）——他用什麼手法變換其背景和情節，而成爲藝術電影。

電影的世界一分爲二。上半部乃小孩父母對贖金的反應。下半部是追擒强盜的過程。電影中上半部的世界是突然的，被擄人受勒索打擊後彷徨的靜態場面，純粹是個人內心表現的世界。每一個人有他自已的位置，不可侵犯，井然有序。這與現實世界的零亂無章，千頭萬緒，是大大不同的對比。下半部可說是必然的發展，是在人走向極端後形成的跳躍的反常動態——社會。但與現實相比，這社會又那麼凸化，主要的情事在無關痛癢中浮現。當然，雖則因一件反常的事而同時走向極端的世界有二，但其實爲一，也就在其互爲表裏的正反中把這另外的世界顯露出來。不只如此，在這外面與內心中，他們還有劇烈的對比。如上半部富人因兒子被擄的惶惑突轉爲被擄者乃其傭人兒子的絕號。如下半偵探的圍困與賊的盲亂動態相比，趣味性中另一世界的特質也表現無遺。

無疑，本片的故事並不特別出色。劇旨也很約定俗成——人道主義如生命、道德、社會。但劇旨的控制和鏡頭的運用藝術性特强，而娛樂性也因此自動地加强，黑澤明幾乎全用靜止的鏡頭攝拍上半部，一種純舞臺劇式的演出，因此，觀衆所聽到的言語世界，是抽象化的內心世界——（靜態的場面控制，鏡頭半强迫性地導入。）漸漸，感覺的世界由故事的吸引改進成非常處境下個人之介入。也就是說，由電影故事轉成觀衆個人切身的故事。因而其鏡頭之進展是緩慢而且連貫一致的，表現了一個平視（鏡頭）的境界，下半部相反，用了許多仰視拍攝的鏡頭，直至最後由屋外伸入窺伺的鏡頭爲止。也許暗扣劇情乃表現一不甘平庸，不擇手段的向上爬的人而起，因此鏡頭零碎，推動，追逐。對那靑年罪犯入鏡則較親切，其他則用了介紹性的遠鏡頭。一個常跳動的世界，比對上半部近乎死寂的世界，是非常尖銳的對比。連續剪接的鏡頭，也許說明事故發生後，各界已變形，不能再入內心反芻靜止，故不再舞臺化，對話稀少。最後一場汽車迂迴而上，直搗其居，甚有抽象意味。這一靜一動，但幾乎同是悲劇的絕望世界，在黑澤明起伏收放之中，雖不曾新開電影紀元，但却將電影帶到可達到的平衡而完整的天地，何況其中更有值得探討的現實性呢。

（丙）意義——藝術的外延

電影或其他藝術的內涵，是把所欲表達的意義或劇旨，帶進某種深度。這深度可能與藝術本身無關，但都與其結成一體；它藉藝術的轉形而傳達生命，而藝術每因它而能平衡及完整。「龍門客棧」不是一個有內容有深度的片子，最少它沒有發展或强調如片首所言高論及的——如果那也可以算是劇旨的話。我們並不希望說教，甚至如褒曼式長篇大論的討論及宣示問題，導演感情奔放地在電影中出現。這是條死路。但是，純動作片也不能帶我們到任何地方。藝術只是動作而無生命嗎？「龍門客棧」就因爲沒有傳達「意義」，電影只成爲毫不動人的手勢或動作而已。不只如此，也因無意義來平衡，作內心的動向，於是整片的打鬪只爲打鬪而打鬪，或者只是爲動作而打鬪，一種毫無意識的相聯，不免流於堆砌打鬪的純娛樂性片子而已。無疑，片首有破題式的意旨。但這點說法既勉强而又抽象——（忠孝道德）。卽使如此，也有必要在片中再加强表現。尤其片中一而再，再而三的打鬪，更必須加强點出爲甚麼而打鬪及其必然性。黑澤明「用心棒」的一片中有一幕，大鏢客三船敏郎爬上高處觀看兩家世仇爭權奪利的打鬪。這也只是個故事平凡的武俠片，但黑澤明用了不凡的手法，兩陣對壘的人員叫一聲，但色厲內荏，進一步，不戰，而後退三步。在此片一如在其他片子，黑澤明不只點明了他的人道主義和人性懦弱論，更利用這些手法來達到趣味性，帶入電影的懸疑，把電影的緊張分隔，像拉開扣緊的張力，轉進更高度意境的藝術空間。意義的加入是不會削弱和減少劇力的，這個場面並不影響故事情節的發展。然而藉此小小的藝術筆觸，黑澤明平衡了片中的去留，動盪了人性的獸感。即使它還不足以使本片成爲名作。但「龍門客棧」是缺乏這類表現的，他的娛樂性非常表面化，沒有意義性加以平衡，沒有劇旨促其完整。它的外型壓不住內面的空白——像充滿手勢，充滿聲音，但沒有憤怒的白痴一樣，只是一場笑耍而已。可是對於純娛樂，我們能說甚麼？希望甚麼？……

你們是世上的鹽，如果鹽失去了鹹味……

（丁）故事——藝術的內涵

電影的整個棟樑，如果不是在情節上，便該由故事上表現出來。「龍門客棧」的趣味性全在打鬪，因此很缺乏諫果回甘的趣味性。因打鬪是一種太單調、太無力的連貫，不足以支持整個電影世界。其實，自覺地或不自覺地，「龍門客棧」的故事由于氏兒女所貫串。可以說整個電影由于氏兒女所引起和發展，很可惜，導演所注意的只是糾纏的枝節，而把主題輕輕放過，放棄一個易討好而且必要的「戲眼」，使「龍門客棧」從可以成爲一流的藝術片而淪爲三流的普通片——或娛樂片，也許一流的武俠片吧，當然藝術片也不見得一定比普通片好，更不一定賣座。——我們並非說導演把于家兒女處理得不對，正相反，我們同意這種傀儡式運用，但我們以爲它用得太少，而且並不重視。作用力因而很少，全劇也因而重心轉移，無復人性的趣味了。

我們可引黑澤明的「武士勤王記」來說明電影中交換主角和傀儡中心的作用，如何平衡了故事，達到藝術世界的「自我圓滿」。黑澤明在片中敘述「一個世家苗裔，在一忠實家臣保護下，驅使二農民逃出敵人的搜捕，進入友邦。」故事簡單，但他把苗裔變成啞吧，把忠勇的家臣抽象化，而眞正的戲劇動作落在二農民肩上，這就是交換主角，傀儡中心，平衡故事了。苗裔成了啞吧，但劇情仍由其生，戲却不必由其演出，主要乃在於此重心與本來無關痛癢的二農民之相對性，二人之可笑與家臣之神化等等而已。

「龍門客棧」中，我們可以加强于兒女的出場，也許並非使他成爲有聲有色的主角角色，例如把他們變成殘廢或傷重，乃被迫害等角色。因而他們乃成爲戲中心（Dummy Center）不是主角。劇情由其生亦由其轉。（在「龍」片中，似乎易使人錯覺：東廠人不知道他們要殺的乃是于兒女，而耿耿於與俠士們比高下？）這樣一來，情節和劇意應運而生，藝術在戲中的外延和內涵自然擴充，不必單由重複的武打和小巧來討好了。（也可以塞住曉舌的假批評家悠悠之口了）。不但如此，人物如外動的打手和內靜的囚卒，劇情如被動的主人與主動的幫手，因而也得到平衡作用。電影世界的完整性也可以優容自若，不必盲目飛行了。確實，電影不能專走正方或負方的極端。若如此，電影將失去交通和支柱，導演和觀衆也無法適從，戲劇性會愈走愈遠。

若本片的于兒女，傷重或全身枷鎖，配以動作化的打鬪，便能達到兩者的對比，取得重心而有平衡作用。而且可能有一幽默的諷刺含義：本來只是二人的生命，但二人不能或不可以關注和自衞，反由一堆毫無關係的人，莫名其妙地生死搏鬪。我們還可以加强這方面的趣味性，押犯的董超薛霸之類差役、因爲是朝廷命官，他們是中立派，那一邊也不幫，每次打鬪自成一國，站在旁邊等候完場。這樣一來，電影的多方面表現將非常凸出，（如在其中常將藝術的佈置安排與最原始的純嬉戲混在一起，使觀衆有各自之滿足）。在意義的外延上，我們自然可加上個人的，民族的各種意見和認同。或藝術上所具有的對生命之肯定。我相信這樣的電影世界會更圓滿，更平衡，內涵更複合和更具趣味性。也許這樣會減少娛樂觀衆的打鬪場面，但我們眞的只是看蘆葦、看穿着細軟衣服飛簷走壁的觀衆嗎？藝術與娛樂可以而且應該合而爲一。

（戊）我的剪接

說一件藝術品如何之好，比說如何之壞容易得多。既然我已冒犯「虎威」如此，進步亦可以點金成「鐵」，把現有的「龍門客棧」重新剪接一次，見仁見智，各有範疇，也有偏見的喜悅。作爲建議或無不可，願希明敎。

我以爲影片中楔子（殺于謙于法場）那一場雖有作用，但並非必要。（最少我個人不同意太「硬」的表現方法）。卽有必要（如分正邪，立背景等），也可以用如「回射」Flash Back 方式插入。

免除電影平舖直敍，及被截爲四段之感。同樣，如片中第三段客棧打鬬與第四段山路上打鬬，實可連而爲一，强分爲不連續的二段，實無需要（中間絕無穿揷其他劇情）。又如片中許多小交代也不清楚，例如多拉兄弟等。因此我們不妨根據原有的片子，略加移動，成另一面貌，如下：

新片的楔子，不單在點出背景，且提綱全片。開場便介紹于氏兒女，悲劇的充軍的場景。然後東廠追殺。這裏自然可以回拍于謙被殺，有人要斬草除根的背景。也許還可以加拍些老家人在黃河渡口，以死阻却追兵之類。這樣的介紹片頭，可能比現在的更爲有力和懸疑性加强，並且可與正片遙遙相對，而又結成一體。

字幕後方是正片。整個電影將以客棧爲中心開展。（意外地，我們可引用古代戲劇之三一律）。所有動作和意旨皆引向這個中心。于氏兒女在充軍途中，（原片自開正片場于兒女被首次追殺後，便不再介紹；一直到他們突然出現客棧門前，我以爲這樣也太鬆懈了，不如讓觀衆先認同于兒女較好），可以有一、二小衝突，或揷以傀儡鏡頭，虛驚場面。甚至滑稽點綴東廠衞士在客棧設伏，俠客們途中暗護或趕往客棧應援（原片俠士與于兒女並未連成一體，頗有本末顚倒之感），大戰一觸卽發。劇情因此也可以深入，開拓了。最後，當然以武鬬解決，幾場大戰也可在客棧完結。

這樣剪接的影片，最少有兩重的改革；從藝術的形式上看，把楔子的直線追逐與客棧的圓形糾纏對稱，或把以前無名的追逐和懸疑和後來連續的摶鬪和攻守相比，一小一大，或進或停。趣味性和平衡性兼顧了，也較原片曲折而緊湊。又如其他小節，不妨多加利用客棧附近的空曠和樹林，（片中鏡頭似乎太實一點），原片氛圍太荒凉一點，不如加入些閒人及百姓之類……等等。其次，在藝術世界和意義上，也可以作種種的提高。利用客棧的矗立與于氏兒女之充軍，可漸漸地把于氏兒女認同於客棧，重心的轉移使戲味藉抽象形式而加强。于氏兒女的認同客棧，也有換意、物化，甚至代情作用。原片很缺乏人性觀念及世俗感，在這兒或可挿入的對話中，附加一些生命的趣味，如能對于氏兒女的「傀儡中心」作些閒筆，也增强片中「人性本能」，比純粹是木偶式武打有味多了。在原片拍好了的現實限制下，可能改革的不多。我希望能剪接得緊凑，而武俠打鬪也該有法有旨下進行，另外還能顧及藝術的形式及手法。電影本是三、四度空間的藝術，不易討好的地方也在這裏了。一句結語，胡氏拍得太緊張了。

(4) 人間的條件

「在面臨困擾世界的種種事物的時候，一個知識分子最少可以做一點較大的有意義的事情，就是對那些能從事物之中分散其嚴重性的題目，自己保持關注。」「我們是在應用朽腐的道德，陳舊的神話，和古老的傳統。但我們這樣做時完全意識到自己在做甚麼，爲何我們要崇敬這樣的道德。」「拍攝對個人生命有意義的形片，同時不要迷途成了自白。唯有這樣，這些影片才對旁人有意義。」

Michelangelo Antonioni

如果我們「憤怒的回顧」，中國電影三十年來進步了多少？我們能舉出那些有代表性的藝術製作嗎？戰後一代的如「國魂」、「萬家燈火」，我們還記得那感人的時代性，但若跟戰後意大利電影如「單車竊賊」，「米蘭的奇跡」，「不設防城市」相比，藝術表達和電影技術還是相當幼稚。我常有一個偏見，中國近代的藝術（小說、詩、電影），所表現的喜怒哀樂太表面化了；不只如此，似乎大量地把普遍化爲特殊濃縮成一、二個約定俗成的格言來解決問題。因而不會經過了高一層的生命抽離，意義遂不能深入、提高、解釋和開展。含意乃止於某些時代任務，而非超臨藝術、生命。我們且回到一九四九年以來的影壇，問問我們獲得甚麼？

近來中國人聚居的地方，常有大小騷動。這些與其訴諸道德、學理的解說或譴責，不如從正面去想想，是否爲一個社會進步的現象。二十年來，新一代的中國人已經長成。這一代沒有受過抗日的動亂，內戰的災難，且生於長於一個困居的特殊社會。同時，老一輩經過多年流浪不定的生活，終於調整或妥協了，人亦漸趨衰老。社會參與和改革的要求，與保守性的苟安觀念，在人口膨脹和工業社會迫近中，加速了社會性的心理衝突。這些騷動毋寧是一種正常的「社會認同」

運動中，較爲劇烈的混同作用而已。我以爲一切爲了進步，青年體認了自己和社會的關係，反而會帶進新的境地。

「龍門客棧」及其同類片之出現，（若不是從世紀末的娛樂片中看），並不偶然，但國片眞正能起飛有日嗎？恐怕我們還要下些功夫和小心的考慮幾個問題。例如問：我們應拍甚麼片？爲什麼需要拍片？該說那種話？該走那條路？或者歸根一句，如何在藝術要求和社會生命探討中，更兼顧現代中國人的窘境？

我們該先探討海外華人對此片的心理，作爲導引。「龍門客棧」在美上映，頗獲一般留美華人知識份子的歡迎。當然，由於歐美社會分工的專細，工程博士、藝術史學者的捧場，也許只能證明該片確能取悅觀衆，却不完全會表示它的成就和藝術。和早年對武俠、或瓊瑤一樣，他們的愛好原自平民性，原始性，或懷鄉病而已。近代外國電影時以「藝術片」姿態，侵佔好萊塢市場，中國人難免多少自愧。某些「大堆頭」巨製，實又跳不入洋鬼子的法眼。「龍門客棧」最少還算是一部製作嚴謹的電影。科學家，大教授看來，容易感到興奮。進入片中打鬪的，娛樂性的古中國，幼時的「存儲反應」，於是便熱烈起來了。

我以爲中國電影離國際水準實在差得很遠。二十年的守成和重複的互相抄襲，中國電影有退無進。不只如此，搞電影的人常是風頭主義，潮流主義，於是黃梅調來了，大家一窩蜂趕拍，直到觀衆厭倦，無錢可刮爲止。或James Bond嗎？大家又拚命新奇間諜一番。他們從來不會想到為甚麼要拍電影，該拍甚麼電影？他們從來不認識自己，也不認識社會。於是，逢君之惡，討好一般小市民的逸樂逃避觀念。他們從未有自己的路，這樣也永不會拍出任何好片子來。以「龍門客棧」為例，我們同意它的進步，但這些力氣白費了，對目前中國有甚麼用呢？何況我還恐怕它會帶來不良的觀念。正如其他娛樂片子一樣，純武俠打鬪也是一條死路。製作得更好，也只是消閒性，而且會分散人們對現實生活問題及對中國前途的嚴重性之關注。這兒，我們不是指責任何人，每個人有其選擇，賢者識其大者。事實上「龍門客棧」算是近年來好的中國片了。但我們不能不問，難道我們該止於此？難道我們命定的袖手旁觀，不能替今日做多一點帶路的工作？

也許生為中國人的幸與不幸皆在這裏。「龍門客棧」或其他影片，如在歐美拍攝，或者會更受歡迎，或者更為必需。因為歐美有自己一套的生命觀念，也有頗完整的藝術理論。有電子工業時代的哲學為註脚，他們所表現的和談論的問題，有其必然性，有其歷史的肯定，可以藉他們的社會民情來解釋。然而，除非我們能認同他們的社會，走進其所遭遇之時代試驗，否則跟隨他們的路線是錯的，抄襲他們的藝術也顯出虛偽。中國現在還在由農業社會過渡入工業社會，現狀還是要求大合併。還是混沌，前途還要釐清和發掘。今日的社會代言人還有作用，也該把橋樑工作多做一點。

當然，我們走向一個知識份子同化入社會的時代，而非建立新的明星制度，而非過去的士大夫之借屍還魂。在今日這個過度時代，但開風氣不為師，代言人應該多著力一點，例如引導人保持對社會現狀的關心，提高人的知識水平，鍛鍊人的理智修養，促進人對公家事務的介入……生爲中國人誠覺得幸運，我們目前的挑戰那麼多。

電影在今日是港臺平民的日常生活需要，上不可缺乏的一環，我們不能不加倍重視。但二十年中國電影幹甚麼活？每五年重拍一次梁祝恨，每七年公演一次楊貴妃，每十年翻印一次紅蓮寺……無數的因襲和模仿，迷宮式的自我陶醉，永不走出。中國電影與我們生活，與我們社會前進脫節已極。我們並非主張電影的說教，正相反，我們提倡電影應有充份的娛樂性。但在今日，我們甘心作自了漢？我們眞花得起年復一年的浪費在純娛樂消閑上面？何況沒有幾部純娛樂片，而不帶有壞傾向的呢？

我們不能不對片類提出檢討，拍甚麼片的問題。例如歷史片，如果沒有必要，不如不拍。以「龍門客棧」爲例，實可商榷。次要的如：我們反對盲目崇拜古人，但何妨保持一點對歷史人物的尊敬。本片其實不必加入于謙。且于謙故事也非家喻戶曉，用其爲背景，電影效果不如理想之大。尤有進者，本片如代以「假古人」，藝術含義或反强，因泛指常含普遍性的原則。較重要的，歷史性的道德觀念，在今日似有重新界定之必要。忠奸一劃，雖較簡單，但現實常不如此。和武俠片之通病，「不練而武，不修而俠」的人，似嫌太多了。一定要辨忠奸，似應立場闡明。歷史片吃力不討好，而且與今日時代相太遠，不一定有史鑑之用！（歐洲今日古代片絕無僅有，值得我們研究他們的時代性。）

國片目前的出路，仍在藝術品質的提高和現實性的加强，尤在對目前中國問題之注意。關於後者，我不主張全拍大問題片，或太多爭論性而非迫切的問題。我們何妨睜大眼睛，儘可能的指出小問題，供大家思想喚醒各人的關心。藝術常只在表現，而非答案。有人以爲中國無好電影，由於無好小說。幾十年國家動亂，普遍的藝術貧血已成死症，這本互爲因果。但電影與小說並不如此關連。如歌劇之與本事，好電影常非來自好故事，觀高達、杜魯福等之取材可知。電影是獨立存在，在影機的廣度，在時間的連續，在觀衆的感受，在探討的深入之中。提高電影藝術應在理論與技術上，力求新的開拓與嘗試，最重要的還是在吸取他人之經驗，不妨多學歐美先進的技術。舉例說，粤語電影中，楚原無疑是有些深度的導演，他導的片子現實味很强。但我總感到他的電影之「平滑性」和「感染性」頗差，可能遷就觀衆對象之故，但我懷疑這也是電影的技術問題。我常感到他談的現實問題嚴重但無關痛癢，題目很大但非迫切。我以爲這可能是未曾經過藝術的抽離作用。問題停在現實平面之上，電影也不是表現性而是叙述性的。另外普通性的問題，加進許多偶然行爲和地區性，減低身受的力量。像花了很大力氣，但所獲不多，可惜得很，也許古代也常有這種毛病。不妨細心研究一下。

電影界目前應努力獨立拍片（聯邦公司乃一好例子。）訓練新人，轉移捧角風氣，打破明星制度，而且還與觀衆聯繫，求共進更高的境界。技術人員，要努力向先進國家學習取長棄短。由於中國歷史性的賤視優伶，與及明星們的不自愛，一般人對電影界多尊而不敬，迷而不愛。所謂雞鳴狗盜常至，賢人君子便絕跡了。早年電影界與普通平民、知識份子頗有隔膜。如今社會已漸趨大衆化，對電影研究及專門學習的大有人在。我們眞希望能建立有藝術修養理論的導演與編劇羣，也希望文學，畫家……等人能與電影合作。還有一種現象，近年港、臺出現純理論電影雜誌和書藉，報章也開始有嚴肅的影評。這些青年一定可以促進中國的影運。我以爲中國電影進軍世界與求取諾貝爾，皆是附庸風雅之事。目前我們國家社會，民衆已佔有我們大部的思考力，也許我們需要的是普遍地大衆地提高，而非某一、二人走尖端。希望今日有能力的影評家能致力推行某些運動，使國片脫離今日的頹廢、世紀末感覺，轉而先關懷今日中國的切身要求，然後才談與世界人士的交換。二十世紀藝術是電影，希望好朋友皆走到這方面來研究，也許有個新局面。

（一九六八年三月寄博文代信）

（註）本文小標題所用西文，皆爲電影的名作。

（一）L'avventura「迷情」，一九六〇年意大利導演安東尼奧尼作品。

（二）Vivre sa Vie「她的一生」，法導演高達一九六二年作品。

（三）Sommarlek「夏之插曲」瑞典導演英瑪·褒曼一九五〇年作品。

（四）「人間的條件」則爲日本片，小林正樹作品。

其次，小標題引文皆出自各國導演，順序爲（法）杜魯福，（法）高達，（法）小說家及導演勞比——格理列特（Alain Robbe-Grillet），（意）安東尼奧尼。

路？那個國度的路？

（甲）不懂什麼路？

不懂所謂「健康寫實」的藝術。不懂所謂「健康寫實」的小說、散文、戲劇，甚至所謂「健康寫實」的電影，不懂。

在我們每天所聽到、所見到、所感覺到、所思想到的現實生活裡，戰爭、殺人、自殺、通貨膨脹、失業、人與人間吵鬧，無從調和，人口爆炸，生活困苦，社會與個人愈來愈分裂愈隔離，不能共存……我們所知道的只有我們生活着的病態的社會，甚至是一個世界性的病態，寫實就該是寫出這個病態的社會現象。究竟這種病態的現象算是那門子裡的健康？還是隨便的「時裝」一下便算寫實，寫實便算健康了？

在我們貴國的藝術家，眼睛已退化到變形蟲的田地，談電影嗎？就來個三圍大削減好了。第一圍：「空間」縮小到一個蠶繭式的小家庭；某些天方夜譚的海灘、花園；或一個上古時代的農村，日出而作，日入而息，天下由他天下去。第二圍：「時間」一再乾癟到不能記憶，最好是「不知有漢，無論魏晉。」世界有大事嗎？跟我們風馬牛不相及，我們自有我們娛樂的藝術天地。第三圍：「人物」爆晒成皮影戲，血肉固然無存，連人渣人滓也沒有。情節傳統的蕩氣迴腸，哀感頑艷。恭請幾對不食人間煙火的金童玉女、龍鳳、鴛鴦、男女双俠，乾脆跟軒轅皇帝打獵去也。這種「上窮碧落下黃泉，兩處茫茫皆不見」的寫實或藝術，原也古已有之。亦吾國產品在三十年電影史內超過歐美之作。蓋自電影入侵移植，極合水土，以倍立方之速度在吾國蔓延，瞬刻叢生在整個藝術王國裡，實有用DDT之必要。

舉個例子，瓊瑤的小說、影片，邵氏國泰的武俠片便如是。這些，也罷了。進一步的說，似乎更可以闡明我的偏見的，例如一九六七年李行先生導演的「路」這電影片子。（因為，一般人還以為這是好的電影。）

我們就看看「路」吧。

「路」的劇情簡單：一個鄉村小鎮內，有一個築路工人辛勤地養大了他的兒子，一個大學生資格的兒子。同村，住着一個無賴，強逼了一個逃難的女郎與他同居。某日無賴販賣賊贓被捕。路工適出外公差，大學生單獨在家，偶因邂逅這逃難的女郎而日久生情（同情或愛情），商議結婚。事為路工所知，大怒，父子因而爭吵。女郎乃毅然離鎮他去工作，父子衝突乃不了了之。大學生時已畢業，決定留鎮工作，與父同住。

社會上確實有無賴；也有路工，路工自然可以有念大學的兒子；在變動盪亂的世界內，當然有無數的逃難女郎，甚至逃難的女郎與無賴，與大學生發生糾紛，發生瓜葛；這些都是稀鬆平常的事。這些可能皆屬於街頭巷尾的故事，我們並不懷疑。只是，單單這一個故事並不一定能成為一個電影，一個好的藝術作品，電影的成形似乎要求多過表面的現象。電影需要的是現實背面的東西。我們觀看電影的人，有理由追問：「路」一片除了談及這些「巧合化」的寫實故事外，它給了我們什麼？揭露了什麼？點明了什麼？我們有權追問，我們應該追問下去。

（乙）趣味的路？

在作進一步探求「路」的意義之前，我們有幸看到了一群青年人合辦的文學季刊第六期（一九六八），一篇訪問李行的長文章。我們有一個印象，他們喜歡「寫實的作品」，因此緣故，他們也許就以「李行導演」作軸心放射，藉李行所創造的「寫實」作風，來探討國語片的一條出路，用意很好。只是他們的訪問中，問題零碎且不很着邊際，常在枝節上打滾，不得其門而入。與「路」有關的第二部份，許南村帶出了三個比較結實的問題：㈠音響效果，㈡關心兩代隔膜的世代問題，㈢知識份子、觀衆的問題。依我看來，音響是純電影技術問題，我們可以不理。觀衆是對象問題，比較現實，或有必要作些實地探查，泛談沒有很大的意義，可暫且不管。（事實上，第三個問題，双方皆不太清楚的說明。）兩代隔膜，是個大問題，値得提出，許南村先生已指出，導演不過用後一輩犧牲一點價値觀念來妥協的哲學，作爲消除兩代隔膜的方法。在這方面，他也許看出了「路」一片可能涉及的問題很多，只是導演在片中一觸卽走，把重要問題輕輕的放過，以至電影戲味減少許多，可惜得很。

値得我們討論的，倒是該刊附載的，由訪問李行的人之一的王禎和寫的「影評」。或許這影評並不代表文學季刊同人的看法，但無疑仍有它的意義。王氏以爲「路」一片欠缺些東西，加多一點點就好了。他說可以加多一點襯托和象徵，加多一點轉化作用，加多一點點趣味。可惜的是，從影評內，我看不出有此需要——（至於原來一片？呵！）影評的學例是壞極了。「路」片卽使需要襯托，也決不是Roman Springs of Mrs Stone那種用一串鑰匙應召男士式的聲音來襯托。賣弄小聰明的花巧，只宜於一齣不爲什麼的享樂派布希米亞玩藝作風，對寫實，對史詩的作品，毋寧是一種障碍，幾曾眞見How Green is my Valley (John Ford)，幾曾看見Ivan the terrible (Sergei Eisenstein) 用過什麼襯托，象徵？不，現實逼近人來，其中只有生、死，只有掙扎，只有反抗壓迫，沒有東西可供襯托的確實，電影的好壞，不應在襯托中糾纏。有一些襯托，可能使某些「藝」術家順眼一點，却同時也會敗壞不少氣氛，轉移許多目標。眞正的寫實電影（如「路」的理想走向），應該直截了當的面對現實，正視社會大問題，而不需用軟弱的、妥協的藝術轉形，作爲逃避的藉口。事實上，在我們的生命中，生存下去本來是硬梆梆的，不能轉彎的。我們孤獨，找尋友伴常失敗；參與社會常受阻碍，常要克服自己，努力再參與。我們常受挫折，常受到不必要的磨難，怨仇有時只可忍受，而不得報復；奮鬪不一定能達到目的，愛情不一定有什麼後果，犧牲不一定有價值，甚至處身在常軌無變化的歲月中，也不一定會自知，言語常在噪音中湮沒，重要事件看不出首末。確實，在我們生命中，本來無所謂開始，也沒甚結束，循環得失卽不顯明，轉接因果尤欠清晰。故此我們懦弱的常引自己向「藝術的無知」中逃避，我們知道。但這不是一切，在今日的時代，我們却要直接與現實社會交涉，來個硬碰硬。

王禎和的影評似乎只着重於傳統的電影，戲劇的三一律，大團圓的收場，有頭有尾等等。因此，電影一定有「統一自圓」的結構，所以他希望「常軌化」，希望片中女郎得到諒解——「若不友好，則村人也太頑固了」——事實上，片中女郎並不曾刻意的努力爭取同情、諒解。卽使她努力，也不見得必定得到村人全盤體諒；現實裡，我們誤會別人，與不爲人原諒的地方多得很。何必一定求「一廂情願」的下文呢？何況她的事件也不是大了不起的事件。

王禎和還希望電影內增加點趣味，什麼是趣味？片中誠然有不少說教的鏡頭，枯燥乏味或愚味可笑。只是，可以附加些什麼趣味？想象不出。想象不出在離騷中，在孔雀東南飛中，在King Lear中，在紅鬍子中，如何辨別趣味與及電影本身。倘若電影（藝術）本身不成趣味，那末，不是電影整個的失敗，便是觀衆的失敗。

「豈無膏沐，誰適爲容」。「路」一片大可以用純潔，樸素，記錄片的姿態出現。揭露社會問題，直談現實，不矯情，不賣弄，不作狀。——像戰後意大利的寫實電影，單車竊賊，米蘭的奇跡，大路，不設防的城市等。——加入了所謂藝術上的襯托，象徵，趣味，轉化，這會是那一個理想社會的片子呢？我猜大不了走入廸斯尼片場那種家庭電影吧，所謂倫理教育巨片，實質上是感傷派的，濃得化不開的溫情主義。逃避現實的電影幻想藝術是桃花源，只能適合美國中產階級的自我陶醉：這「世界」是天堂嘛，然後移風易俗，脫現實之胎，換觀衆之骨，滿瀉了人情味，二個小時內喜、愛齊飛，不必再管外界有戰爭，有壓迫，有槍火嗎！世界就是那麼簡單，美好便够了。唉，够了。

（丙）真有路嗎？

我們轉頭來談「路」這個電影的本身吧。

「路」一片的藝術不必談，不只是因它本來的缺乏，再談恐怕也無甚名堂。退一萬步後，即使我們能肯定它在藝術上如何完整與創新，我們仍要問：這樣子，對我們、社會又有何用？如果它的軀殼裝不下一個中國的靈魂，那末這門子的藝術豈非戲謔？我們花得起年復一年的浪漫？所以，談「路」應從它的走向，它的社會意義，歷史看法上談，而也只能這樣談。

打開天窗說亮話，究竟「路」在幹什麼？

「路」的背景是一個小鎮的各態。路的中心自然可以表現這小鎮上的動靜，揭露某種生活史。但不，導演選擇了一些人，一些事件。這些人有無代表性？是否構成社會的常態，值不值得我們浪費唇舌？談談這些人這些事能帶我們去何處？這是選擇的難題。

①導演談及無賴，但他只談到他欺負弱者，又因販賣賊贓被捕。他不詢問這些人為何存在，社會上地位如何，為什麼緣故成形，如何會在社會上流通着，在其行為和個性中又表現了人性中的什麼，究竟他是過渡性還是永久性的會一代傳一代下去？導演皆不代我們詢問。

②導演談及路工，只談到他做做和事老，他希望養子讀完大學，他也想到與兒子間的隔膜，但並無解決的企圖或方法。導演不談這人與社會的關係，不談他的艱辛，掙扎在社會的動盪中，或他又怎樣看他的同輩，國家。導演不談。

③導演談及路工的大學生兒子。只是他不拍攝兒子的抱負，對國家對社會應盡的義務，對生命的看法，對人羣的參與，他和一般青年的關係。導演只拍攝他在念書，（念什麼呢？）他與一逃難的女郎邂逅，動物性的來往，（借書是上進或僅是藉口？）然後動感情而惹起父子爭吵，最

後他畢業了，簡單地不說明什麼的留鎭工作，我們懷疑，這青年是否與外界青年羣有關，他的行爲應否受批評？還是他僅是這「仙境」般小鎭的一份子而已？

④導演談及一逃難的女郞，但並不及於她屈服或反抗的心理過程，如果這是社會的常態又怎辦呢？眞的，導演儘量避免深入談，女郞只對大學生說求人諒解，但未努力，（諒解後又如何？讓她留在鎭內生活就算了事？）她對愛情幻想，却不爭取，最後一逃了事，據說逃入孤兒院做事？我們不知道，這樣工作便算光明的尾巴了？與古代女性逃入空門，削髮爲尼又有何分別？

總之，導演的問題，答案皆一目了然。他自有他的宗旨，他的選擇就是他的看法。我們並非以爲這類題材不好，正相反，我們只以爲太淺嘗卽止，太不够，甚至太草率了事。春秋大義，責備賢者，我們願提出偏拗的異議，希望攻錯所以求正，希望我們多認識「現實」。

我們以爲導演的看法陳舊，不着邊際，毫無作用，非湯非水，尋且反而有害、

什麼是路？教子讀書就算路了嗎？可能這是上下古今，放之四海而皆準的路，但又何用重談呢？中國古就有之：「萬般皆下品，唯有讀書高」。似乎讀書求功名是唯一爭生存、富貴立品的方法。自然亦是傳宗繼祖的要方，無疑，人應受若干教育，只是知識僅能供應「工具」，重要點在貫通人與他人。教育並不止在知識，在目前的世界內，知識種類廣泛，不能不作專業化，訓練成某種技術人員之類。對某些人，大學教育卽與職業教育無殊，且可能成爲一種累贅。是否大學

教育就保證成人？成爲社會人？若不談上一代如何教育兒子，只以大學畢業爲極榮，又何等荒誕，何等不負責任，何等陳舊而無用處呢？是否每個人皆養子到大學畢業便算完事，社會便會安定下來？在封建時代，人想向上爬，家無讀書子，功名何處來？光耀門楣唯有讀書科擧。但在今日，又爲什麼？大學教育果仍有這種作用？僅是這種作用？倘若教育不使人對社會比前代更關心，盡力比前代更多，心胸比前代更廣，參與社會、加入歷史比前代更着力，甚至犧牲比上代更大，那末大學生兒子卽使算是路，沒有也罷。

「路」談及世代隔膜，「文學季刊」的朋友也曾討論過。但這問題有再談的必要。依我偏見，「路」一片並不觸及現代所謂「世代隔膜」那大問題的任何深度。中國最傳統著名的故事，司馬相如與卓文君，不是已說過父母對婚姻有不同的看法，難道這便算「世代隔膜」的問題？在我們了解的世代隔膜那問題，主要的全在青年一代對上一代有不能妥協的要求。一般來說，社會上普遍地存在一種「旣成的秩序」，年長的人經過了掙扎的中年期，常思苟安、保守，逃避到享樂、宗教、家庭、人情味濃……等的安全感，及慰藉上面，對世界已放棄了早年拼命要改革、求進步的勇氣和理想。不只如此，他們且要保持這幻覺式的人間天堂，進而阻止青年人的革新要求。像美國的財團便盡力吹捧美國是古今唯一的天堂一樣，其目的不外使人沈迷於現世的鴉片，甚至於沈迷於自己的硬繭內。近年來歐美各國青年人對「旣成秩序」的不滿，更根基於美國式的資本帝國主義發展下，人各爲己，求取物質上的享受，乃至於不擇手段的向權力，向上層階級爬，從而惹起許多社會不安，各階層的不公，與及普遍的官僚主義作風。青年人知道這般的世界走下去，將永無出路，只有使世界陷入更混亂，更多戰爭，更不公平的境地。所以，爲打開「既成秩序」這扇銹門，使人望向社會，重要點全在把知識和社會聯結在一起，自己也着力在那兒。這樣的問題，也許可算是談論兩代隔膜的起點。但不，在「路」一片中，乃只有兒子欲和在逃難中曾與無賴同居的女郎結婚，惹起父子爭吵，然後妥協。這樣子的兩代，太單純，太「幻想化」，而問題也太無內容了。也許導演更强調了一點，中國傳統之謂孝，屈兒子成全父母的孝。但這種愚孝，會對社會生什麼壞後果呢？屈己是可以的，但不能在大是大非之前。我們要認清楚事理，要擇善固執。不結婚也可以，原因是兒子和女郎的了解太不健全，意向也許兩樣，草草結婚不會成立社會內的好單元。其結婚目的更沒有建立在同目標，共奮鬪的進步方向內。但決非爲了父親路工的盲目反對。而父親的反對只說明了一件事，不管一個人外表多仁慈，一到了自己的利害關頭，一定犧牲別人。也許導演想像不到這後果吧？

我以爲文學季刊的朋友放了空炮，「路」並無所謂兩代隔膜的問題，有之，僅是一對莫名其妙的父子，他們與世界社會毫無關連，對國家全無認識，在一個「仙境」中一樣不會改變的，社會自有定位，人物苟安其生，外界將永不侵犯的天堂小鎮內，過渡著動物性一樣的自生自滅。二十世紀七十年代的人，還作着十九世紀的農村社會的幻夢而已。

「路」也有一個所謂主題，導演在電影內已表白過，上一代給下一代舖路，下一代繼承上一代的路等等。但我們不懂這些空話的意義。整片來說，除了路工，曾像舖過了柏油路以外，我委實看不出還有什麼路，他能舖什麼路。再說，上一代舖路這說法，原是荒誕而且狂妄的。每一代都有他自己的使命。我們的祖父看不出我們整輩子要和美國、蘇聯什麼主義等打交道。父親代也想不到我們的地球有極限，要向太空發展。進一步想想，在我們生長過程中，我們只碰到戰爭、雜亂、爭吵、不安、難道這又是歷史的必然，難道這就是上一代舖出的好路？算了，我們對上一代的舖路工作感到懷疑，再看今日的世界，難道這已是理想的終局？或者正在向理想國奔馳途中？看？中東戰爭一觸即發，美國、南非變本加厲的種族歧視，軍國主義的鄰邦蠢蠢欲動，越戰擴大，主義歧見逼使兩方不斷隔離、備戰。確實，我們眞該感謝上一代替我們舖下不少路，不少泥淖，使我們目前的挑戰那麼多。

(丁)看，這樣的路嗎

算了，對「路」已無甚可談。他不給出方向，不談問題，當然也無解決的方法，對國際、社會那末多是非、現象，它連皮毛都沒觸及。這也罷了。無味的藝術，那個時代沒有呢！然而，它最可討論的，却是它外表所打出的寫實的前進旗號，而事實上却在開倒車。使人不知道導演的葫蘆裏究竟賣什麼藥？

葫蘆裡可以不裝什麼藥，對一些胡鬧、玩樂、嬉笑的喜劇，我們並不喜歡，因爲在今日有使人耽住溫柔鄉，喪失面對現實和苦難，減少衝勁和改革的勇氣。但我們原由艱難中而來，我們有內心的尺度，對一看便知臭爛的武俠片或什麼深山、海灘等不食人間烟火的愛情片，我們自有防毒的本領，我們可以寬恕，寬恕同時代人某些有限度的「人性」。唉！這種可恨的人性。

然而，對那些賣精神的「狗皮膏藥」的人，我們必需找出他的立場，核查他所賣的東西，批評他的思想。我們不信任這世界仍有「路」一片那種背景小鎮了。即使有吧，也應積極地批評，這小鎮的情勢不會長久了，現實已深入每一角落，我們不能再逃避了。至於其內容。唉！經過了多年戰爭和不安，老年人也該休息了，但休息吧，不要再向我們販賣什麼止痛劑、安眠藥。歧路了我們問題的重心，使我們走向慰藉和自瀆。近年有一個可怕的社會現象，就是信耽宗教的青年愈來愈多，尤以女青年爲甚。苟安、困居的一般局面，或來美國後無法認清，而對祖國又不能正視，使青年無從看出自己的前途，也不知道着力的方向。他們軟弱，尋求暫時的痲醉，尋求宗教的來世之止痛鴉片，他們尋求精神和物質上的避難所，這問題本身已太嚴重。我們看到了「路」這類電影，只有越發失望。並非只是因這片子不知道癥處所在而失望。（他永不知道，而也罷了。）而更是在這頭緒紛多的社會問題中，我們正力求集中精力，努力參與社會工作，保持對人類的關注。我們不希望有人憑藉「寫實」這大名字，用一些似眞實僞的社會現象，說一些空洞的假道理，裝扮一份虛假的表面關心，而事實上，却欲把我們力量分化，把我們引岔到某種歧路，抵消我們的努力，轉移我們對社會參與的目標。這種把問題簡化，，把現象扭歪，把眞實淺釋，把病態虛報的「假見證」，不只無益，有比不拍攝、不說出來更壞的結果。在今日那麼像絕望一般的世界裡，倘若我們無能給出解決的方法，那麼讓別人來動手吧，我們只做一些後備的、吶喊的工作吧。或者，讓我們能戳穿現實的瘡疤，把陳年的惡毒揭露，有一日，他會痊癒。也許只有這種不降順的態度，能引領我們走向永不妥協的改革。我們和社會本需要這種決裂，正如昔日中華革命黨人盡量揭露清朝的底牌，提倡平等博愛的革命一樣。是的，這病態世界唯一的眞實是他的病狀，而非他食安眠藥後的甜睡。事實上，不管食多少止痛劑，我們永不能安靜下來的了，這世界本身正在激烈的地震之中。

歷史站在我們前面，不前行的只有死。眞正的中國前途，決不會如小鎭那般簡單，在列國經濟和文化不斷的侵略之下，在工業社會人口膨脹不絕的壓力之下，中國人，你是要食痲醉藥終日，以「過去」自瀆，還是悍然前行？中國人？你到那兒去找路？

（一九六九年盛夏於核桃溪寫給風人）

自願無座

廣告片

一、電影，人類發明的怪玩物。放演過程像宗敎儀式，影片內容像淸敎徒生活，但澈頭澈尾是商業行爲，連「虛假」在內，不必太認眞。

一、到電影院不是爲了消遣，而是買「淸醒」。

一、好的電影，該是一面鏡子，看到自己，也看到世界。

一、你應該自願無座，用肉體的醒覺使精神上保持戰鬪。你同時應自願有座，不能使自己因太受苦而忘記另一種東西也在進行。

一、只有哲人和浪子合生一身的人方能欣賞電影。哲人堅持靜觀世界，浪子永遠接受眼前事物。

一、你在電影院看到光線嗎？別忘了外界更多。黑暗才是它的主色，但人不是爲黑暗而活的，僅因爲反省和過濾一下而已。

一、假如你能看到自己在看電影中，你就開始成爲自願無座的觀衆了。

一、看電影的人沒有滿意的權利。

今日放映

打開報紙，今日放映什麼電影片？

有幾間戲院上映國片，幾家放映外國片？幾齣國片？幾齣外國片？一年下來，國片放映了多少、外國片又有多少，去年亞太電影節時，新聞局丁懋時局長說：「目前民營影片公司有四四一家，電影院有四一〇家，座位三十六萬個，每年製作影片兩百多部，進口國際影片約有三七〇部。」

依國際電影年介（一九七八）：臺灣去年（一九七七年）共有四七〇間電影院，製作一〇五部片，最大的中影年產十部，一九七五年觀衆人數一二一四、〇〇〇、〇〇〇人。國片上映一七〇部，一六〇部外國片也映了。（還未算私人電影會社在內。）

還記得「亞太影展」其片其事的影迷，一定對「原子花」印尼片、「婚姻生活」印度片有興趣，但「碍於國情」，連「一」場公開上演機會都沒有。印尼每年拍多少部片？印度每年超過五百部，且曾貢獻了一流導演雷(RAY)和去年最佳影片，由賓尼高導演的「曼旦」(MANTHAN攪乳器）但不來臺灣放映。我們的鄰居，菲律賓，韓國，澳州，馬來西亞……甚至年產三百多的日本片，也無代表作來臺？（在香港那麼商業性都市，竟有什麼文化中心，文化協會，有時也弄個××電影節點綴一下。）上月玻利維亞大使來呈遞國書，我們倒希望他挾帶一二卷玻國電影來臺，例如EGUINO的新作CHUQUIAGO，或SANTINES的FUERA DE AQUI。我們也希望哥倫比亞大使來時，帶來他們去年超過二百部短片產量的精華公演。

眞是悲劇。日本在一九七五年觀衆人數爲一七四、○二○、○○○人，總數比我國（二二四、○○○、○○○）還少，一九七六年總數更低、（一七一、○二○、○○○人）。平均觀影次數來說。我國平均每人觀影十六次，日本僅一點五次。但是日本的電影製作和我們的不可同日而語。什麼緣故呀？卽使美國那麼大的國家，一九七五年是戰後賣票數最高的年份，共售一、○三三、○○○、○○○張，一九七六年低到九四八、○○○、○○○張。但美國人口比臺灣多十二倍以上，（約二億人以上）平均每人年觀電影約五次而已。

我們每人平均看電影每年十六次之多，總數二億二千多萬電影票，還不計算在香港、南洋及歐美華僑社會及海外市場的可能，有這麼龐大的觀衆來支持，經濟收入那麼豐裕，爲什麼我們的電影文化事業竟不入流，未有過一齣可入「電影廟堂」的電影，這倒罷了，但絕大部份影片連娛樂性也不够格，唯一的作用是！在都市內無地方可去、要殺時間的人的逃避藪而已。悲乎！

電影工作者，你是怎樣搞的呀？

黃牛票進場

我們想想：一個文化悠久得忘了記憶的古國，千年來連續不斷改良的戲劇藝術，發展了六十年的中國電影，爲什麼竟無能不振，這二億二千萬票的支持力到那裡去呢？我們認爲，問題蘊藏着多重性，百年來國家動盪，普遍的藝術貧血已成絕疾，而飽受帝國主義的文化侵蝕，千瘡百瘡，心理上的悸心病極爲難治：

其一：千年古國，傳統固然滿儲珍寶，等人開採；但人事共累積框架的負担却難擺脫。其中尤以戲院老板和投資者的「繼承」最苦。中國「電影人」明顯的分爲幾大部份，老死不相往來，他們之間並不溝通。第一部份是金錢掛帥者，製片或戲院老板們是也。這些人唯利是視，絕不會關心「文化問題」者。第二是工作主義者，電影圈內大部工作人員，他們自有一套老舊行規，絕不文化，依樣畫葫蘆，隨老板意旨行事，不能跳離片場，思索文化現狀。第三是文化至上者，大都是電影迷轉往影評家者，他們不懂世情，無拳無勇，終日從外國影片書藉上撿到一知半解，便大言欺人，他們或出國學影，或從人試導，莫不鎩翅而歸，一籌莫振。三類各自爲政，中國電影仍然一團糟。不能解決。

臺北沒有一本定期理論電影雜誌，沒有放映古今名片的電影宮，沒有一間「藝術電影院」，報章雜誌不設影評，大學裡影劇科理論。內容貧弱，甚至沒有實驗製片的設備，這樣子怎可以把「電影文化」的水準提高，卽使在對觀衆「敎育」上，也幾乎從無輔導，大學文化團體偶作點綴的座談，社會上的電影社群則純以自娛爲主，造成了國內電影文化的惡性循環，觀衆無選擇權利，亦缺乏適宜的電影文化栽培他們的趣味，只好仍徘徊在打殺和情慾二極之間，也普遍缺乏深入討論電影，把電影當作有文化內涵的風氣。一年一度的愛國片也只停留在發洩民族義憤上。（而沒有藝術上同時提高，這樣大成本製作，很是可惜。）總之，觀衆只好仍選些「較不爛」的片看。爲了錢，於是一窩蜂競在這些「時尚趣味」中打滾，（如李小龍、成龍、瓊瑤，等類片），從不想到怎樣把電影帶到文化層次上去，觀衆永遠停留在享樂自娛的追逐，而非採對藝術及藝術中社會的價值，這就成功了一個惡性循環了，我們的國片永遠不會成長在此。近日傳聞幾間影院老板自資製片，假以時日，每年最好檔期假日皆由老板包辦，觀衆更別提什麼藝術片了，這些影院老板會拍什麼類片呢？

其二：還是一句老話，每年一百六十部外國片，其實都是美國好萊塢片。卽是說百分之九十以上皆是美國片上演，而百分之九十以上的美國片都會在臺北上映。我們的電影文化園地，假如看電影足以養育它的話，是澈頭澈尾地任美國文化在殖民，思想的、技術的、編排的、趣味的、器材的、演技的、甚至花巧趣味的。本來美國片的庸俗和小市民享樂性，已普遍的受世人詬病，以爲毫無「文化」可言，美國人並不諱言電影是工業產品，娛樂物貨，商業投資，或加工外銷製成品，唉！數十年來成長在這類觀點製成的電影下之電影人，取法乎中，僅得其下，焉得不受其影響？爲其附庸，出口不湯不水，既無藝術，亦乏娛樂性，文化中受到他人的侵蝕，經濟上遭遇他人的擺弄，現代中國竟被人譏爲「人口大國，文化小國」，這是落後國家的命運？唉！我們不能承認！也不能接受！

中途離場，全票作廢

我們接受一些現實吧！我們擠擁着觀衆，主因是住在都市裡的人，有餘力或閒錢可作公餘娛樂。新興國家一時還供應不了如美國日本的「室內」運動，或假期旅遊業，電影不失爲一個價廉物美的娛樂。可是我們的成人業餘教育，眞不發達，應重視這是個「教育」民衆的機會，我們應上下同心來搞好電影，不能再令這些大財閥、小製片胡搞下去了。

有幾個一得之見，供之社會及「影響」同仁，一同來爲中國新電影奮鬪。

其一：電影文化基金問題：我們缺錢嗎？

既然每年有超過二億的觀衆數，若能令每人多付出一元的「贊助費」，二億元文化基金頗爲可觀了。否則國片不收稅，外國片加倍征收，也合一筆大數。年來觀衆化費在黃牛票等等，多一、二元實在是小意思。

其二：電影文化本質問題

究竟拍什麼國片才能同時滿觀衆的藝術和文化娛樂要求呢？這是個難題。——「拍攝對個人生命有意義的影片，同時却不要迷途成了自白。唯有這樣，影片才對旁人有意義。」（安東尼奧尼說的。）——在目前，我們能導演出對我們境遇有意義的「藝術」電影嗎？有人在嘗試嗎？

「影響」的朋友們，不妨一起來討論這個問題。也許可以作一點基礎準備，去年及今年上半年，臺灣上映過的電影作一個質和量的統計和分析。多少部蕃茄汁打鬪片，多少部少爺小姐逛陽明山片，多少部美國天堂胡鬧片等等。

我們甚至可以考慮觀衆的傾向，（最近有一羣同學調查「愛國片」的觀衆，像有驚人結果。）

怎樣可以將觀衆的電影藝術「水準」提高呢？

國內的影劇版，除了替明星作起居註，替片商寫新聞稿外，別無其他。幾間大報連影評都沒有，偶一爲之，則像文藝創作一樣登入副刊，又寫得太深奧了。最低限度的提高方法，必須在重視「影評」，且不顧情面的影評，文化上的使命還是要顧及的。一般電影評論感覺不够「大衆」化。直覺地以爲臺灣現存的電影雜誌書報，多介紹西方的多，討論本國的少，自求多福的有，志在普及的無。影痴們自封影院選民，影評上賣弄術語，胡說八道，一般影評文章對讀者及電影人都缺乏「教育」意義。從上古時代的「劇場」即已如此，「影響」的論文仍追隨此一陋習。能不能寫得平實一點？在我們愛好電影藝術的人對觀衆直接面談之前，必須肯定自己能供應他們「藝術品」，否則，要求他們合作是無用的，而除了與觀衆合作以外中國電影一無前途！

散場

中國電影文化早就抵達分水嶺，等候「新一代」勇敢的突破。我們有千年的戲劇傳統，有能够消費的觀衆，有愛好電影的影痴，有技術知識的準備……我們缺乏什麼呢？

（舉個實例，近年來胡金銓獨立製片，到歐美打藝術片天下，且不論成績如何，勇氣和胆識實屬可佩，路亦可行。）

我們也滿懷辛酸，百年來國事蜩螗，民衆無力兼顧藝術加工，文化工作崇尚趣味主義，以沉醉享樂爲主調，電影企業早爲大財閥、小錢商把持，影片公司，影院甚至電影工作人員，都爲他們金錢控制，觀衆在他們商品籠罩之下，被迫觀看，整個臺灣竟無一所「藝術片」影院，名片如「威尼斯之死」「處女之泉」（編者按：「處女之泉」已公映，可惜賣座不佳），「董夫人」……竟不能商業公映。影痴和觀衆毫無選擇，電影工作人員太過守成，滿足現狀，電影市場不具挑戰性，不小—誰都可以混一下，亦不大—可以控制一下。影評人、報章、電視臺大都商業廣告的介紹，不負文化上責任。

挑戰愈多，担子愈重，勁也愈大，中國人也應在電影文化上推動人類前進。

困難的解決是兩端燃燒的蠟燭，都露光明。

電影文化應提高觀衆水準，觀衆應推動電影文化，二者同時進行。

民間已有足够的消費能力及文化修養來支持「藝術」片，尤其是反映民間的生活情況的寫實藝術。半官方可以利用前說的電影票附加錢，普遍和廣濶的擴大電影文化圈，觀衆和從業人員方面的水準，辦電影學院，長期放映古今藝術名片欣賞，成人教育中電影藝術班……

民間更應「功能」地佐長電影，拒看爛片或主動的抗議，理性地提意見。更進一步學習「民初人」組志士班，改良戲劇的善意，由觀衆推動組織影業公司，或聘人導、製、讀，或資助人在嘗試研究，擺脫大財閥及外國片商龍斷中國影壇的企圖。民間應組織互助公司，「十大爛片」之類也不妨多方面選出。

生命不應長期流於逸樂，三十年來太平景象，應有餘力發展文化，民間應自動自發的建立文化力量。……

那麼………

——一九七八年夏寄給年同——

嘿！藝術嗎？

「快樂」就是文化

——草論臺北的大衆文明

一、「大衆文化的來臨」

「願爲長安遊俠兒
生當開元天寶時
鬪鷄走狗過一生
天地興亡兩不知」

王安石這一首詩寫於一千年前，所描敍的更是上一代唐朝的故事，可是，他所嘆息的情景，今日竟一樣的活着，我們還有遊俠兒的生命史：「御溝大道多奇賞，俠客妖客遞來往……香輪寶騎競繁華，可憐今夜宿倡家。」我們也可以想像得到：

呼盧夜夜億萬手，傾半纓頭他縱酒。

這種他們的生活、他們的文明，甚至他們偶而閃起的悲哀和希冀！

剩有心魂無用處，贈君明月繞神州。

他們仰望着天地興亡的大事情，人的生命只是一瞬間的一個「文明」的物例罷了。

千百年後，「鬪鷄」、「走狗」這類「大衆文明」已沒落了，但各種變形的「大衆文化」仍然存在，像一個流傳的笑話——

湯恩比死後，在天堂中碰見了古羅馬的凱撒大帝。凱撒「世間千年、天堂一日」式的問話：「聽說你們撒克遜民族，現在改到了新大陸吃人肉呢！」湯恩比答道；「不只如此，現在是用電爐烤好，用不銹鋼的刀叉吃的，一種工業罐頭製成品哩！」

笑話歸笑話。如果吃人肉確是蠻族的「大衆文明玩意」，到了二十世紀美國式的商業主義，日本式的經濟動物時代，必然變了形，必然趨向一個「現代文明」的工業時代的形式。

這種文明倘使隨同它的商業，它的全球性戰略，它的中產社會心態，還有它傳統的經濟外銷方式到了臺灣，而我們倘若也不加選擇，依照它出現的外衣亂穿，諸如牛仔褲、口香糖、搖滾樂、阿飛舞……又會變形爲怎樣的今日臺灣呢？

「大衆文明」。一方面是舊習慣，它硬撐着殘留的傳統和動物性；一方面却是新玩意，它表示了人類文明的平易階段。我們一定會驚訝，西方文明經由巴比倫、希臘、羅馬、西歐，怎樣到了新大陸，突然演變到——如艾略特等人一再詬病的——「庸俗」的、「無個性」的，只適合「俗衆」觀看、沒有「靈性」的「大衆文明」。我們回頭看看，今日的臺灣文明，是否也如全世界各大洲，各工業國家，所產生出來的一種心態，在我們社會普遍地流行着、瘋狂着、渴望着、享樂着，他們的便宜、普遍，他們的花樣、脆弱，然而都沒有實質內容的「大衆文化」？我們甚至可以說，這種「大衆文化」只爲今天而存在，沒有明天，也沒有希望。

現象是顯然的：半年前在臺灣風頭健勁的「香格格」電視連續劇，就是一個好例子。「香格格」本來不是「金玉緣」的女主角，但是，可能由於不施脂粉，變換了電視幕上女星的賣騷造作的表演，以反派的嬌俏少女出現，搖身一變而爲女主角。不管什麼理由，一時成爲街頭巷尾閒談的對象，於是，香格格口香糖，香格格晚禮服，香格格商品招牌，香格格成爲臺北的口頭禪，進而崇拜女角，一躍而爲每分鐘幾萬元的紅星、到處剪綵，出席亮相，你說這不是商業加文明的最新發售品嗎？但是，事過數月，即使觀衆還找不到新的偶像來崇拜，香格格已消聲滅跡，無疾而終了。你不信嗎？試看看史艷文、包青天、保鏢又到了那裏呢！縱然他們維持他們的戲裝，他們也挽回不了電視機前觀衆朋友的手指，像隨意得荒謬可笑的一指。

這一種「電視文化」，是今日「存在乃唯一的理由」的最好說明，不是過去，也不是將來的，勉強拿一個代樣，可以說是「可口可樂」式的文化現象。

「可口可樂」是什麼東西？沒有人知道，神秘感增加了一點趣味，但重要的是它到處登廣告，說可口可樂是某些高等仕女飲料一類的廣告，高等仕女，自然意指他們消費得起這個多餘的玩意哩，更也說明，這些仕女們，一個盈餘社會的產物，當然特別跟一些毫無實質內容的玩意兒走在一起了。

因爲「可口可樂」這瓶東西，作爲飲料來看，一無營養價值，二無特別味道。它沒有人體每日消耗需要補充的任何養料必需品，亦不是人們慣喝的甜味，喝時沒有什麼快感，也許亦沒有抗拒人的惡感。但是，它最大的特點是：喝完卽完，沒有事前的準備及事後的「餘殃」，（對現代有錢人來說，營養也是一種餘殃也吧。）它不需要別人別事，它的單獨存在，而且不代表任何事情。它產生在一個「富裕」的所在，那種時代可以毫不費力的負擔一些「額外」的多餘產品，例如螞蟻之養蚜蟲，貴族仕女們收藏閒玩意，我們的現代文化大抵也是如此。卽使說吧，這種文明也如「可口可樂」中有一點糖味，一些意義，但是，它的目的仍在消費者的一種富足盈餘後的習慣：「沒有負擔」，開始卽是結束，立刻完事大吉。二十年來臺北社會經濟，接受了外商的滲透和引誘，促進了這種「閒暇文明」的興起。

這種文明是用多面目的姿態出現的，但它只有一種功用，純然爲了當時的需要，補足了某些人某一瞬間的生理或心理上的缺陷，而且這種滿足也是人爲的，表面的，甚至不常功效性的。像「臺灣啤酒」，或其他「黑松汽水」一樣，代表了我們今日的文明，我們都把它叫做「大衆文化」。因爲只有它才清楚無比的代表今日的一些人爲的現象。但是，這種文化却是我們這個時代，也只是二十世紀的工業時代才產生得出來的。人類歷史上，只有到了今日，人類才開始了有較大幅度的經濟自由，從而擁有了一些「閒暇」，開始了他們政治社會上的「私權私利」思想，和文化上的放任自由。也就是說，今日在高度工業國家中，人類享受了隨意製造、喝飲「可口可樂」的閒暇時間，有了時間便堆積成今日他們擁有的文化，玩樂的生命。這種文化命運會變成怎樣呢？有人說今日大衆文化竟是古羅馬時代那些鬪獸場，或南朝幾代荒淫皇帝在後宮的歌舞，文明到了時代偏面的邊緣，一個極點也是全部下墜的時候。我們且把這種「閒暇」和「文明」，當作一個時代問題提出來。這個時代在找尋答案。

二、閒暇的時代

十八世紀工業革命以來，在許多先進的工業發達國家中，憑藉輪帶生產線，汽車路、無線電，不僅帶進了高度的物質生活，也夾帶進口了逸樂，少數人開始享受這種舒適生活的「閒暇」。「閒暇」，嚴格意義上和「無事幹」是不同的。乞丐沒事幹，但他並無閒暇可言，古代貧窮的人，或世界上還有很多的經濟帝國主義的殖民地的國民，終生仍在他人欺凌下的經濟上掙扎，也沒有什麼閒暇可以誇耀的。閒暇該是一個人，或一個社會有了物質的安全感，有了放任性的自由後的產物。閒暇該是物質上和精神上並重的一種人類狀態。然而，在古代中國那些避世隱居的無爲生活，或今日西方工業國家炫耀的物質繁榮，這些閒暇總使人感到不是正常的。節慾和縱慾的閒暇所產生出來的文化，像是偏差而且虧空的？這些文明會是長久的嗎？

有人曾強調過，「閒暇創造文明」。也許，沒有一段免於飢餓、免於風雨、免於恐懼的時間，文明是不易創造出來的。古代文明大半在祭司手中控制，一方面祭司就是統治階層，例如西方中世紀時代的教士僧侶，一方面也因爲知識需要一段學習階段，不是一般普通貧窮的國民所能具有的「閒暇」所能負擔的。更重要的是，在科學工業尚未發達時代，人力是支持社會經濟的唯一資源，農業的生產力有限，談不上有多少剩餘，如果眞的需要一個閒暇的階層來創造文明，那麼必需有充份的社會力，由它來供養一群有閒份子，所謂「勞心者食於人」，卽是這種社會力在古代，如希臘或羅馬，就是賤民或奴隸階層構成的。因此，古代卽使出現了有閒份子，就是一些統治階層、祭司王侯那類人，他們踏在那些奴隸的肩上，去製造一些「快樂」的代用品，號稱「文明」，而實際上眞正的文明不是一個炫耀的「金字塔」或「阿房宮」，這些早已成爲歷史的「無意義」了；眞正的文明常因這種浪費，由下面的奴隸發明出來，堅實的、有用的落在土地上，建造了今日的世界。我們今日的閒暇文明是否也是這樣子呢？

美國經濟學者韋伯倫曾在「有閒階級論」（有臺灣銀行的中譯本），說到一個「有閒階級」出現的社會必須具備二個條件：一個是這種社會有一種掠奪爲目的的生活習慣，一個是容易獲得生存中的必需品。這些話當然是從古代西方史立論，或者就是希臘、羅馬，這類國家還有文明遺留的理由。可是，古代希臘的文明是屬於「高貴的雅典」人所有，而非那些從別地方搶回來作奴隸人所有，這樣的閒暇造出來的是「高等」和「細緻」的文化也許只是一些知識份子的遊戲和當時社會毫無關係，而非現代的閒暇意義下的「大衆文化」。

現代的「閒暇」完全是工業革命以後的事，而且積聚了多世紀以來，工業革命後「不閒暇」的努力所致，機械釋放了被大自然束縛的人力，也減少了人必需爲生存競爭所需的時間，更重要的是，它解除了人類社羣中的人欺人的壓迫事實，它開放了人的自由心靈。這是誰也不能改變的歷史事實，全世界的國家和人民努力爭取這種事實：人是生來平等的。科學證明了這一個革命精神，實質上倡導了一個大衆化的社會。「我們生來平等，不能受任何人壓迫欺凌的。」固然，美國二百年來連它國境內也未曾完成這句話最初步的含義，但是隨同科學文明的發展，美國造成了一個中產階層社會，和大衆文化。美國人民是要向自由平等的路上走的。

事實是這樣，閒暇正是工作，閒暇不是懶惰，在一個工業時代和平等基礎下，人一定要工作，而由工作中賺到的閒暇，和非用本人勞力換取的閒暇有不同的心態。閒暇是我們今日生命的一部份，在今日世界社會裏，我們有專業的生命，也有某些閒暇的可能，那麼，這些閒暇用來做什麼呢？我們會不會善用我們的閒暇，去創造新的文化、新的世界呢？我以爲，勞力工作產生的文明，滙同閒暇中產生的文明，才足以構成了今日的「大衆文明」。可是在實際上，它却變了質，不像是文明了。我們來看看臺灣文明一個好例子吧！

三、臺灣的大衆文化

臺灣正如中國其他各地，或東南亞地區的國家，傳統上是一個農業國家。農業國家的經濟基本上是匱乏的，農田的生產力實有極限，而農村的人力長期的過剩和浪費，日治時代把臺灣農業經濟特殊化，偏面地發展到消費性的香蕉、鳳梨、甘蔗等農作物去，臺灣由一個自給自足的農國，轉換到外銷農業商品化上面，也許是商品經濟的必然吧，臺灣的發展逐漸地凝聚在幾個大都市，文化生活也因此分開了農村和都市。曾經有人說過，「法國只有一個巴黎，和其他巴黎還未征服的省份。」在臺灣，只有一個臺北，近年來商業的偏面發展，更顯示了不只在經濟上，而在文化生活上，臺北控制了整個臺灣的文化。

但是，臺灣文化仍有它傳統的古典的一面。一切的農村文明恐怕也是如此的頑固和凝聚。從歷史上看，這種農村文明，一個大衆文明的實例，是頗爲單調和貧乏的，不管它本身如何受人喜愛，它總是這樣的，在農閒的時間，也是農曆中的節日，由同村人或請一班布袋戲、歌仔戲來村莊上表演幾個晚上。最壯烈的恐怕在一年一度的大拜拜。大拜拜固然有傳統的神秘意義，關係着早年開發臺灣的神話故事，也許亦是日治時代，殖民地政府一種懷柔和轉移心理的毒招，全省各地輪流的大拜拜。但在今日，整個文化上意義，不過是焦點在大猪公嘴裏所含着的柑仔。農人不是，也不可能培養古代的有閒份子的文化，一年的農忙，收獲的盈餘，也該拿出來大吃一次，這種節日式的大衆文化就是如此。隨着物質生活的改進，電影和收音機的先頭滲入，和通過了近年電視的普遍化，物質享受更換了農村的文化結構。從前舊的、「永恆的」，像無盡的「理性世界」，已經改變了，一種新的暫時的，像實驗性的理性世界出現，「因果關係」被「社會流行」置代，農村的人們從慣常的歷史時間中探出頭來，發現他們的地理環境一日比一日縮小，無可奈何地只能接受臺北不只是一個首善之區，而且是一種新價值觀念的放射點，新價值觀念是由外國商人和買辦走私入口的。近年來，臺北人口劇增，一方面農村貧民到臺北來工作，一方面却是流露都市的知識份子們，隨同經濟的膨脹，這些人竟也形成了新的趣味，新的消費的一代，我們感覺之中，臺北有些人要逐漸形成一個中產階層的社會，其中發散的經濟、政治、文化等各種觀念，自然的農村系統拒抗不了，尋且慢慢的投降了。但我們現在擁有的臺灣的「大衆文化」，却非由居民發展出來的，其實正是臺北的都市文化，也是外國商業社會夾帶進臺北的「閒暇文化」。確實，從社會形態和趨向來說，臺北的社會靠近美國、日本那些大都市的程度、形態，而不接近任何臺灣其他鄉村都市的。於是我們在臺北所看到的，恐怕只剩下穿着拖鞋涼屐的足罷了，可惜的更是，連這些涼鞋也是廉價的塑膠玩意了。臺北不過是外國商業的推銷商品文化的市場而已。

最顯明的例子，莫過於臺北市衆多的電影和電視了。由於它的「侵略性」，它强迫一個古舊的社會毫無保留的接受，也由於他對實際生命的模仿和虛擬性，使人容易認同，也使人從其中得到逃避的解脫。蒼白的都市人多少要找尋了宗教的代用品，一些止痛藥，視聽娛樂是最有效的一種。

五十年代風行了收音機。雖然當時的收音機，還是價錢貴，體積大的玩意，但它直接地把外界娛樂帶進了家庭。很大程度的私人佔有性，陌生的新聞報告，和熟悉的講故事、歌謠也擴大人的娛樂世界。現代的享樂文化開始生根。電影不能完全搶奪收音機的擴散範圍。人在這二種大衆傳播的媒介上，發洩自我的方式是很不同的。收音機修補了某種工作中的厭倦和疲勞，一種轉移；電影使人重活生命，或虛擬一種生命的出路。而且，在當時臺灣的物質條件下，電影一方面是奢侈的消閒品，一方面又是一種費時而「隆重」的娛樂節自。農村沒有現在形式的閒暇的羣衆，而當時的都會裏面，中產階層還未龐大得可以支持「電影」這種需要大商業市場的大衆文化。我們可以從地方片的盛行和衰落，看到臺北中產社會的早期。厦語片流行過好一陣子，當然由於語言的隔閡，更在能用「鄉村放映，廉價製作」的小本錢下經營，內容自不免在極端通俗和民間故事打轉，如「陳三五娘」、「酒女恨」之類大批而重複的粗製濫造。另一方面，却巧妙地服從了大衆文化第一條定則：一切為了娛樂。於是，厦語片在鄉村放映着。

臺灣第一次「大衆文化」的華麗表演，該是凌波主演的梁兄哥故事吧。六十年代初期正是戰後商業文化的擴張期，世界走入了「和平共存」的腔調，競相推銷文化代替軍火，表面上是培植落後國家的發展，實質上在孳長了美、日式的經濟動物。

臺灣因此享受了有條件的繁榮，而在臺北，逐漸養育了一羣以商人主幹的中產階層，加上了在二次大戰後成長的有錢的年輕一代，都為「大衆文化」建立良好的沃土，「梁兄哥」本身也滙合了幾種文化上的成果：中國古裝、民間傳說、歌謠演唱，近代化的歌詞浪漫的愛情，和大規模的「豪華」製作，一種「比生命更大」的印象出現，造成了觀衆。老文人的哄動倒不表示「純藝術」和「大衆藝術」的合併，他們的懷鄉，他們的童心，「男人看見女人扮，女人看見扮男人」這種傳統的凌波，或者亦是一種「戀童病」，更可能是由於「大衆文化」本身，它如此的享樂，如此的炫耀，竟使一個中產階層的人，本身沒擁有什麼理想，只能通過這種文化而加入社會。連大教授在內，他們的學問僅是他們的「專業」，但他們也無法逃出這個社會而生活，他們正是這社會的受害者，也是支持者。

電視在六十年代的加入，曾使電影一度衰微，然後各自分別出二種不同的本質。

電影走規模宏大的製片路線，與世界上的有閒階層市場連結在一起，內容荒誕地利用了科學技術，更豪華的裝璜幻想，更神怪的故事場面。在轉型初期，臺灣的影業界曾走回老路，為了生存，只好乞靈於脫衣舞和歌唱的協助，在六十年度初中期大大的熱鬧了一陣子。七十年代電影的重生，電影採取了比較專業態度，它不是雅俗共賞，而是全無內容和特殊趣味可言的那種電視題材。它亦在全力地討好年輕一代的觀衆。在臺北，電視幾乎清一色的家庭主婦口味。都市的青年男女，電影院是最廉價的約會和娛樂場所，炎熱的天氣和狹小的居所，他們喘息的地方也是他們逃避現實的天堂，二個小時內沐浴一個完整的生命故事，一個他人特地安排好的，擬態他們的慾望和心理要求：金童玉女的神話式戀愛，富麗堂皇的天堂背景，沒有奮鬪的悠長的生活，沒有迫人的全日的現實，理想不需要掙扎便達到了，衣食是上天供給的……在電影中他們容易的認同，容易的逃避，他們的失望也是他們的夢。

在社交未完全開放，出路困難重重的青年男女，電影既不費腦力，也不用負責任，他們想過活了一種比現在好一點的生活方式。於是，我們的文化乃變了一個臉：文化不是一個人封定的，而是消費羣衆用購買的方式「投票」選出的。你不贊成嗎？說他庸俗而又無味嗎？事實上，這些表演正在臺北公開進行。我們能怎麼辦呢？

「李小龍」的出現就是這個故事。青年男女在李小龍身上看到的，不只是他的武藝和壯健，更在他的童嬉，他的傻憨，他敢挺身而出，和一個龐大未知的黑機構爭鬪。小市民無力也無法發洩，但在電影中，他要化身爲李小龍，代他愁苦，也代他打擊惡勢力。李小龍不是正面的絕對英雄，而是他們兄弟式的不像英雄的英雄。最諷刺的是，幾年間李小龍有疾而終了，情形一如早年的詹姆士·丁恩（James Dean）；典型的「可口可樂」式文化，「用完卽完」，不過他死得戲劇化，流行文化的沒落總是如此的。它毫無理想的製成一批物品，養有了下一代的年輕人，却同時也培植了它的死亡，因爲這種文化本身沒有理想，也不成爲理想，而年輕一代終會成長。他們會批評和改善這個世界的。

四、電視文明

現在的商業性的「大衆文化」是否該用電視來做典型呢？電視具備了一切大衆文化所要求的條件。對一個無能力化費的人來說，它是「免費」的，完全「獨立」的，閒暇時全天候「服務」的，它與「觀衆」無關：觀衆可以不必顧慮人事關係，隨意開關，看完便完，皆大歡喜了事，它而且是家庭式，符合中產份子小家庭願望。中產人的小家庭成員不是沒有參與世界的野心，但常是很容易服從現實、保持現狀的，他們每天晚上心滿意足地圍在電視面前，享受閒暇、嚼食已熟製的沒有「味道」的電視食品餐，電視確是最沒有攻擊性的文化，要適合一切人的口味，它一定要用胡鬧，懷舊，悲而不嘆，哀而不罵，賺些廉價但不傷人的眼淚。(因爲誰也知道這是大團圓的，這是假的。)而且它一定是鬆散得不費心力，簡單明瞭的顯淺東西，商業電視是誰都可以看，但不是爲任一個人，爲解決問題的，電視也不是社會性的，它從不帶你走出丁方六尺的你家裏的客廳。

在商業文明支持之下，電視不過是一個不屬於任何人或任何社羣的怪物，孤獨地蹲在每一家庭的黑角落上。裝飾着，等待着，不帶任何作用的服務。

對一個有閒暇的人看來，電視能替他製造噪音，製造和他類似的僞境遇，製造一些適應他任何時期和情緒的背景，內面也有一些假故事，甚至有一些非哲理，一些他要說但未全說出的漂亮話，而且他幻覺是絕對自由的，他可以隨意換電視臺，隨意離開，回頭時電視依然仍在那裏，依然可一樣看得下去，一樣的使人忘記現實。更重要的，常常他感覺到，他實在處身在「世界」裏面，雖然他在他自己的家中，但通過電視，組成了一個大衆社會，有誰能阻止他參與的投票呢？電視不是選擇性的，短短幾分鐘的，而是長期的觀看，長期的參加，它供應了中產份子最需要的保守心態：人欺負人的事發生了，他瞭解，但沒影響；弱小民族要獨立，他知道，但沒關係；他看見新聞裏的畫面，他看見越戰、看見非洲白人的殘殺，看見現實中最噁心的事，看見了許多人的血，但沒關係，那不過是電視，看得太多了，也無能爲力。典型的小市民心態。明天他仍要上班，今晚他要好好地休息，他所有的就只有這個電視。關閉電視就只有一場黑暗，疲勞。「大衆文化」就爲了休息而產生的。

臺灣電視也走着這條路，它的實質自然脫不了哭的、唱的、和打的。重點在連續劇和綜合節目。歌星對誰都笑。而且在你自己家裏對你笑。歌曲的內容也不只庸俗的認同，而是對你說的。連續劇是公式的情節，熟悉的背景、固定的傢具、服裝、面目，但它並不緊張離奇，教人懸疑什麼東西都會出現，它很快的供應答案。史艷文、包公案、保鏢，是近年來最哄動的連續劇。「史艷文」改良了布袋戲，加入了已熟悉的西洋歌曲，對話和曲詞都用現代語法，現代意識，而且，也和包青天與保鏢一樣，有一點「替人間保全正義，扶助婦孺老弱」的正義要求，自然投合了一些要息事寧人的心理，但在一個大社會中，常有「有寃無路訴」的感覺，他們需要一個愛好和平的史艷文，需要一個不畏權貴，敢殺侯王的包青天，他們也需要一個好打不平的保鏢，即使不能解決問題，但在一小時內，他們通過了佛教中的「循廻」觀念，人得到了補償。

然而，電視最大的文化作用，還在任何人都看得懂，任何人都可以有意見，正方讚美的，和反方詬罵的，罵它的虛擬現實，罵它沒有方向，罵它庸俗、沒有意義的節目，罵它粗製濫造，罵它缺乏理想主義色彩……這一切全屬眞實，但電視也帶來了中產人最大的與外界接觸的機會，當有人把古代民間藝術和大衆文化相比，而喜歡民間藝術時，他一定不明白，民間藝術正是古代貴族政治時的大衆文化，而電視也很具民間性，誰都可以看。本來電視可以像文化中的輕騎兵，可是，在這個商業文化中，它最大的不同點却在它不是看賞的人所有的，它不過是一些人爲的，一些商業行爲，甚至替商業主義宣傳的玩意，借民間故事還魂罷了。

可以輕鬆地帶進希望的，屬於社會的文化，可以探討生命面上的文化角落，可以替我們狹小的家庭空間，攜來一個廣大的宇宙，甚至是沉默的大衆一個代言人；但我們的電視能有這種作用嗎？電視的目的何在？眞的應用教育意義？然而，常常電視的節目，不過是一種複製品，僞造生命，僞造那些複製生命的戲劇。不只如此，而是簡化的成藥式的商品，由商人製出而推銷，供人挑選，他不是訂做的，因此，電視大半是由一些人、一些公司、一些商業行爲所大量出產，這些人是誰呢？我們能否從這些人、公司商業行爲，從他自己也沒有之中獲得經驗和教育。我們是否也能在稍縱即逝之影像中得到指導和引領，尤其是我們只是以爲自己已經參與，而實際上是片面的給予，我們不能反問和回答的，眞實的世界和影像空間究竟有差別，人被隔離的不再是世界，而是自己和自己的影像，近年來美國電視大量製作「新聞節目」，當人們已習慣把新聞標題看成內容，把新聞短片看成世界的眞像，誰還會爲一個流血、一些死亡、一些殺人的罪惡而氣憤呢？不是人會把假當眞，而是把眞當假，流血不過是紅色，死亡屍體不過是沒有生命的道具，而殺人不是我的事，也不會有人殺我。中產份子在電視機前發揮了最大的保守和畏縮，最大的「保護自己」色彩。他們甚至也不能在其中找到快樂。不過消磨和逃避罷了。

我們在電視文化中還未走出了第一步吧。電視本身已非常狹窄地播映着，也許是商業主義，採取討好觀衆行爲，懷舊的、重新撿拾過去的舊傳統，例如民間故事，也許更是從外國買來的中產閒暇社會的陳舊消閒品，似乎都跟電視原來的潛量衝突，我們不只要製作自己的節目理想性的，爲一個未來的構想而努力，不徒只在過去和消閒中繞圈子，而且更應在「百花齊花的」，毫無限制的直接報導這世界，報導現實生活。

我們在電視文化中要走出一大步、走出電視公司、加入這社會、加入這世界、和人活在一起。

五、年輕一代的文化

西班牙哲學家 Jos’e Oetegay Gasset 在二十年代說過一句奇異的話：

「藝術能救贖人類歷，若然，它只能把人類從生命的嚴肅性中救出來，回復他到一種不能猜測的孩氣中去。」

二十世紀七十年代是一個青年人的世代，如果人類不能得救，最少它已把命運輕易地交給了這一批年輕人，他們都是「戰後的嬰兒」。

即使這些年輕人到現在仍未描繪他們的世界藍圖，他們已活在其中一部份裏面，他們確實的存在，開展了這個「大衆社會」。

在臺北，這個「大衆都會」，一如日本的東京或英國的倫敦，青年羣集中了。他們或是農村來的，臺北的對外貿易和經濟，使他們幻想着機會，他們有些也找到了機會，戰後教育的膨脹，造成大批年輕的大學畢業生，或知識份子，這些人大部留在臺北工作。貧凋的農村他們回不了，他們的教育也不使那裏有工作，發展理想和希望。

由於他們的年輕和精力，吃喝玩樂是他們的大衆社會的特徵。但另一方面，他們又不是同一個有特徵性，或共同職業的社會階層，他們所表現出來的大衆文化——這一個社會最有特色的個性——也是多方面，而且是交滙在消耗精力和幻想上面。這是不是戰後特有的「都會」中畸形的文化，和頹廢和迷失的青年羣呢？

「快樂就是文化」似乎是他們唯一的信條，他們只追尋單線的，或兩性的快樂，並不拒斥什麼異端，他們並不反叛，不是在追求理想尋求快樂，他們沒有，他們也不是孤獨的，他們過得都像是羣體快樂，甚至於追尋羣體的賭，羣體的性，或羣體的消耗精力。例如麻將、賽車、舞會、旅遊……等等。他們沒有方向的亂轉吧。

也許最典型的他們的文化，就聚集在「坐咖啡座」上面了。這是臺北獨有的另文化。但咖啡文化應該在一個較廣的平面上去看，它不只溶合傳統，接受西洋，並且適合他們的經濟條件、居住環境。幾十塊錢可以逃離一所狹窄和悶熱的小房間，到咖啡館中享受冷氣、友誼或女伴，以及其吵無比的巨大樂聲，一切皆適合了他們工餘仍殘留的精力。在許多新裝璜的咖啡室中，已具備有可觀的幻燈片，新出世的搖滾樂，夜明的霓虹燈，甚至短片，演唱民謠，小型的吃喝要樂是齊全了。

咖啡店的傳統自可以淵源到古代的茶館，今因臺北的熱天長而普遍設立。新時代的冷氣茶館便是咖啡店了。但是，年輕一代的接受咖啡館却是近代的事，大概在六十年代初期，上一代的大學生開始泡上有古典音樂播送的田園咖啡店。不過，上一代的青年在意識形態上仍是貴族的，他們大都是世家子弟，而且重視他的知識份子身份。所以當時他們的嗜好在古典音樂、文學、藝術上面。他們還未開啓今一代的大衆文化。

隨同慢慢流行的「熱門音樂」，一九六七——八年在西門町依美國「嬉皮」模型創造的「野人咖啡室」可能是一個新出發點。「野人」地方狹隘，木板的座位也非常不舒服，播送的音樂已全部主宰消費者的聽覺，然而這一切畸形的構合，竟拼凑了一種新風尙，大學生、知識份子、藝術家，以及其他各種青年人羣集，成爲了當時的風尙，一種也許是反叛世界的，自我發洩乃至自我摧殘的代表。「野人」是開端，也是末端。一大羣青年人，他們會合在一起，不是郊遊、跳舞、聽搖擺樂，他們能做什麼呢？他們也許未受過很好的教育，但教育可以限制他們出身的優游，廿多年商業社會的從容使他們感覺無事可爲的苦悶嗎？

他們早期也許沈迷了一陣子武俠小說，助長了瓊瑤小說的興起，但畢竟那不是武俠小說本身的迷人，或瓊瑤派小說的唯美愛情的陶醉，他們只是爲了找路；武俠、瓊瑤，自然是在這種社會風氣下出現的大衆文化，然而，青年的大衆社會不是一個階層，而是一個世代，這個世代過去了，相隨的大衆文化也將命定的沒落，有過一陣子，人們也爲姚蘇蓉的歌聲痴迷了，可能其中有某些擬態的悲哀，可能歌唱是沒有標準的，而且以他形式表示自已的最好方法，他們在姚蘇蓉歌唱中可以哭喊，更可以嘶叫出悲哀。只是嘶叫不是一個正常人能長期擔負的，正如拳打脚踢的李小龍也不可能長期賣「力」。於是，我們看見走馬燈式，「大衆文化」一個個興起，又一個一個的過去，金庸不再寫了，李小龍死了，姚蘇蓉少唱了，瓊瑤如其他人一樣平凡的活着……過去的所謂「英雄」，如今只是一座塑膠墓碑，或只是吃剩的甘蔗渣滓吧。這才是典型的臺北文化！一切爲那種下班後的閒暇而設立的大衆文化？我們可以無限的數下去，這些文化種類才多呀：例如在西門町街上見到的電動彈球房(Pinball machine)，這何嘗不是科技加個人技巧的玩意，用來發洩青年們多餘的精力吧？遊樂場中，這類電動消閒品多的是，我們想像不出科學有那麼多用處，走上了這條路！但是在商業競爭和獨佔之下，它們就這樣發明，這樣來了！誰來拒絕它呢，大衆文化是不會停下來的，除非社會改了。於是我們又看見了科技幻想小說上場，科學和神奇合流，也滿足了一些畸想，這種流行症痊癒得更快。然後我們又在等待，新的什麼一定會來的，像「呼拉圈」，像「速讀」，甚至是「拱猪」這類毫無技巧的牌戲，但總得在青年的社會，流行了什麼的。究竟是「開放的××」？還是「？」？他們一直在期待。直到360°双圈螺旋式雲霄飛車。

而這一代期待着另一個「大衆文化」的流行，似乎命定的活在這種川流不息的大衆文化之中，不管你喜愛不喜愛，不管你擁護或批評。這是一個現實的社會。

這種文化將會怎樣結束呀？我們還想詢問一點，究竟大衆文化是不是一種藝術？是否我們永遠把電視只當作娛樂、當作過渡的文明？只適合大部人的閒暇時間觀看，而不是一種藝術？一種可帶給我們養料的食物？

是否電影也永遠廝打和軟糖式的歌唱，是否小說只停留在武俠的飛簷和紅色與瓊瑤的淚和叫？是否我們的大衆文化永遠停留在這裡，受着商業文明的控制，每天嚼食他們的「非」食品，人造的感情或者在過去的塑膠屍骸中找尋代用品，找尋虛僞的歷史，擬態的現實，像一隻永遠繞着尾巴打圈的狗？

快樂就是文化，但我們的文化在那裡呢？我們必然期待一種使人快樂的文化，但那又是怎樣的文化呢？我們必要從我們的社會和我們的每日生活，建立我們的理想，我們的文化罷，只有這樣，文化才是我們自已的、社會的，也同時是快樂的。

——（一九七六）

有人的地方就有藝術

所有的故事都是人的故事
所有的街道都是人生活的場景
必然有一天，你
走回寮仔坑的直街橫巷裡
你的家鄉場景

還未下山的太陽仍像廣告牌一樣，低低的貼在已看殘看舊了的早報上面，街上的霓虹燈開始它每天晚上來臨的報導——一盞一盞光起來了。最醒目的，搶奪着你回鄉的眼睛的，是橫跨在電燈桿中的，七彩繽紛醒目的大幅海報：

……曠世名作，耗資一千萬美元巨獻

……歷史上最偉大的愛情片

……亂世佳人，……

「唔，昨天我才在東南亞看過。想不到來得倒眞快，倒是海報的慧雲李有點像陳家小妹。」

……一隻隻晚歸的粉鳥仔拍翅亂飛返巢去了。街上蹓躂着人羣，一天忙碌的工作，晚上可休息閒暇一會了。

「阿火仔，您好，您的襯衫多帥呵，臺北來的嗎?嘻嘻!線條和配色像一筆抽象畫呀!」「阿呢呀，您的才花呢!是今年流行的粉綠色吧!上個月時裝雜誌才介紹過，跟伊講呀，現在男人穿得更多款式呀，有人講，這是湯姆大叔製造出來的『雄孔雀』，都是最新的美國貨!眞嶄!」「有你的!我這件還是剛由臺北買到的，頂新的。」「價貴呀!」「嘻，嘻，今朝有衣今朝穿!」

拐過彎，百貨公司正展覽出今年巴西最新潮的一條線游泳衣，旁邊幾個花枝招展的俏女郎低聲地笑，定情地看，如果再配上衣架上的非支群島的海灘裝，在這個大大的窗櫥上，背景是一張奇巨的巴黎鐵塔風景海報，幾支射燈打在它的鐵架上，誰也感覺到瞬間的異國幸福吧。對面又是一個玻璃窗櫥，全貼滿了虎紋斑斑的顏色紙前面，大幅大幅的陳列着各種色彩的塑膠布料，旁白:盧安達的非洲民族圖案，幾本散置的法國服飾雜誌，清晰地展覽着七彩模特兒，她身上穿着的，必然是今年新出品的多季大衣，像是擬豹皮、虎皮的假皮草吧:「歡迎訂贈，直接從原產地運來，價格從廉」。

跨過青紅燈，一個滿嘴哼着:「I don't want to sleep alone tonite」的十一、二歲樣子

小女孩子，瘦瘦的，却穿着一件胸前印了一隻大犀牛的無領襯衣，一手扯住人說：「小姐囉，買張風景照片畫來呵，十元三張，跟你講呀，都是美國運來的最最新新玩意囉。你來看，美國的倫敦塔橋、美國的北極大冰山、美國的風車和鬱金香花，帥死了，這一張，美國的三條小狗，十元三張大請客咯。太便宜了，都是眞正塑膠做的，兗驚潮濕，掛在厝裏，一定美死人啦，買三張藝術品呀！全世界的藝術品都到你厝裏來啦，先生小姐呀！」

到處都是藝術品，幾乎這樣子無抵抗力的輸入你的家鄉，你也毫不驚詫的向前走，通過了林木森林，雪花蓋頂的美國大岩石，或正在大西洋明媚的海面上飛行的「康葛」新超音速噴射機……許多海報，你知道這又是一種新藝術：一個旅行社的角落，好像地球各地風光轉手間便遍佈全世界，引你去接近。那麼容易，又那麼遙遠的。

忽然，耳邊急促地傳來，據傳說是「司令之神」用力地叩門的聲音：轉頭一看，却是從電視機中播出來的，荒腔走調，不成章法的一種商業廣告的配音：

|03 33|1——|02 22|7.—||03. 33|1—|04 44|3——|51|71|26|65|……

是啊，你明白了，這一陣子你的小故鄉進入了新時代，不能避兗的受到商業主義的衝擊，甚至被它撞衝得跌三倒四，立不住脚步。但也是同時，它却從其中抓到了脫身的工具，昏昏然中看到了如藝術啦，科學工藝文明啦，以至世界各地人民的歷史、地理，他們用力的方向。是啊，商業文明像颱風一般侵襲故鄉，但是，也常來雨水和夏天，更促進了歷史的各種生命的醒覺。

你感覺到了，你喜歡極了……。

藝術是歷史進化的必然產品

這是第一步，藝術如今呵，要平等地自由地分配給每一個人，都市的和鄉村的，有錢的和貧窮的，藝術中也應有它的人類歷史的教訓。

你走入了鄰居金水嬸的房子裏取暖。

半破的屋宇，雷火却很明亮，洋溢着人的溫暖。他的兒子阿九哥正粗聲地向二個學生哥指手劃脚：「蔪，眞蔪，他媽的，我做小孩子時候，連想也未有想過！你看，印刷精美、裝璜華麗，四百元便買到一本，古今中外的名畫呀，甚麼都全了，連故宮都找不到，你知道，古時皇帝也未有我看得那麼多畫呀，眞蔪！……」阿九哥口沫橫飛的拿着一本新出版的巨型畫册，一面笑一面翻閱着：「蔪，這裏有幾張「清明上河圖」，當日宋代民衆生活的辛勤和玩耍就是如此……眞他媽的蔪。」旁邊一個大頭的朋友說：「眞好，不只是我們容易地看到了古今名畫，更在藝術那麼廉價地到達我們手中，知識不再爲某些人壟斷；我們需要知識，我們需要從知識中獲得力量，改善世界的力量。」

金水嬸的家確實很舊了，剝落的牆壁有些僅用幾張中國時報的「人間」刋頭，那些彩色的印刷畫片補直着，似乎唯一和過去連繫的地方，便是仍有點香火的祖先神牌，但它的對面，却貼上了一幅「中華航空公司」的廣告海報，大大的一張彰化大佛的風景照片，另一面的牆壁上，又是一份阿九哥欣賞的。人像月曆，使灰暗殘舊的磚牆上，也襯托得滿是生命的氣息。

阿九哥咳了咳烟斗，「我就是喜歡現代，現代的藝術即使怎樣頹廢，仍有現代人的抗議味道。在現代我們才有機會的：你看電視機帶來了多少——」，「唉，你知道嗎？多少孩童不能選擇的看……」「什麼電視節目的呵——」

不太清楚的黑白電視機，有一位漂亮的小姐，露背露臂的走出電視機似的說：「小朋友們，今天我們來到古羅馬城玩耍了！」電視機前盤坐了金水嬸的孩子，阿醒仔和幾個剛赤着足跑進來的小孩子，嘻笑的鬧在一堆，手裏的小花野草向別人亂塞，「小朋友，你們都曉得，羅馬是達文西，米蓋郎基羅……好多好多的大雕刻家，大畫家的家鄉啊，你看，這個是聖彼得大教堂，這個噴水池多漂亮，這幅是『最後的晚餐』，這是教堂天花板上創世紀的大油畫，還有這是羅馬另一個有名的噴泉……我們也來聽『力士必稀』的羅馬噴泉音樂好嗎？……」不斷的音樂旋律湧現，配上了一大片義大利風景，一大片各種噴泉的形狀，把這個殘破的房子塞得滿滿的，小孩子看呆了……「我愛看，我不要轉到別個台去。」阿醒仔和媽媽吵起來。旁邊的大頭朋友，忍不住感慨地說：「我總以為現代藝術是奇怪的，奇怪的好像完全和人不調合，前天我才看見義大利因經濟難關，工廠倒閉，工人罷工要求加薪，吵吵鬧鬧好大一件事，這幾天報紙沒下文，不知怎的解決，眞不懂在電視中看到的都是漂漂亮亮的山水湖光，好像人間沒有過痛苦，義大利也沒有窮人。……」「他媽的，就是這樣，窮人嘛，又為什麼要看別一個地方的窮人，還不是一樣吃苦！我們這個寮仔坑有什麼好上電視的，看看臺北市敦化南路大厦內面的風光，眞嶄，義大利的雲石裝裝璜，桃木大門，美國阿姆士唐的……就是好，你看這個廣告、新光百貨城，內面有三個電影院，耗資千萬，眞不曉得有那麼多有錢人去買……我們還是看電視中美國風景，過過乾癮吧。」阿九哥把手裏的翻版英文書放回書架上：Norman Mailer: Mailyn Monroe——突然，電燈熄了，「電停了，阿九嬸快去拿蠟燭來，一年到晚都會停電的。」

街角裏突傳來一陣很大聲音的，像搖滾樂的音樂，「That's the way I like it」，「唉，這類聲音，沒法度，他們翻製那些唱片太便宜太賤了，每個人都可以佔有一張，大聲的播放，也不管是什麼意思，只要能動作就够了，唱吧、叫吧，現代年輕人是不同了，他們有他們的世界，隨時隨地的大叫大鬧，好像有發洩不完的精力。」阿九哥拿了一根火燭走入來。

眞是一個複製品的世界呀

你也感到迷惑了，一方面你是享受到寮仔坑外面的世界，不管是由電視機傳來也好，臺灣海盜版翻印尚書也好，甚至原版彩色日本輸入的畫册雜誌也好，像古今中外的文明都可以集中在我們這個時代裡，用複製法，機械法，大量推銷；知識沒有那麼廉宜而普遍的供應出來，但是，另一方面們又那麼不滿意那類「知識」，甚至不相信那是人類數千年來的產物，為什麼這些藝術只囚禁自已在一些宮殿，王公生活，或者渺無人跡的高山西湖，而不是廣濶地描繪人類生活的全景，由富到貴，由太和殿到貧民區，由幻想到實際生活，由遊玩到每天工作，為什麼藝術家都是畫得那麼富麗堂皇，活得那麼做夢、那麼美呀？藝術只能有那些東西嗎？

你說，「剛從臺北回來，好像兩個世界。例如搖滾樂這個玩意的，臺北就有不少咖啡館全天候的播放，眞想不懂有那麼多年輕人沒事幹，可以泡咖啡館，例如有一二家，像天才、靑蘋果，稻草人什麼的，他們有得吃，吃吃搖滾大餐咯；有得聽，聽聽最新的暢銷金唱片，原裝美國進口，全部音響設備，差一點不純音就沒人要聽啦；他們還有得玩，幾個男生女生湊在一起，吵吵鬧鬧，下棋打牌；他們還有得看，有時放幻燈片，一些不知是自拍的還是別人攝影，還有複製的名畫或迷幻派的彩色，自然，四週牆壁也掛上了大幅大幅的風景海報名畫放大，迷幻壁紙，用夜光燈照射在上面，眞是一個迷幻藥的樂園啊！這枱面搞搞，那桌子蓋蓋，一個晚上就打發掉了。這是新一代的生命史嗎？」

「確是這樣，」阿九哥有點氣憤憤的說：「我認得有個畫家，他用錄音機來畫畫，眞大膽。現在年輕人呀，眞是什麼都要幹，聽說上個星期有人把恆春的陳達伯請到臺北去，每天晚上唱民謠，轟動極了，洪通伯到處開畫展，還有朱銘，還有吳李玉，嶄——草地郎也有機會出頭了。他媽的蘄！我也要臺北去闖一闖！」

你說：「我以爲太過份了，我就覺得不慣，他們是怎樣看陳達伯的呀？我倒不是要陳達伯跟紐約市交響樂團一同出演，那更是莫名其妙的事。我是想不出用一杯五十塊錢的咖啡來聽的意義，陳達伯的歌語自然可以學學的地方很多，但在一個人多吵雜，而且那麼樣的咖啡廳，誰能用心的去聽，聽又聽出什麼名堂來呀！」

「不對，我却以爲現代是這樣子的，你叫一個普通的平常的小市民，像我，他媽的怎樣去聽到陳達伯表演呀？很可能他另有一套藝術意義，但對我們小市民來說，這是最容易最簡單的接近他的方法，我們不是不愛什麼，而是我們什麼都愛，我要知道一下陳達伯是怎樣歌唱，正如我想看一次皇家芭蕾舞表演是一樣的蘄！只有大衆傳播的今天，我們才有一點機會！」說着說着，阿九哥又拿起了一些錄音帶……你也感染到了一點，他的心情，他的希望——

建立一座沒有牆壁的藝術宮

到處都有藝術品呀！

大頭的朋友說起話來了：「你們的交談很精彩，我記起來了，一個法國人de Tocqueville的話，他在十九世紀初年，遨遊美國時說過了一些話，很值得大家思考一下：

『我到達這個國家時，我找到了很好的藝術製成品，我不能從這種物品中學到這個國家的社會條件或政治法章。但是，我若體會到這些藝術製品一般中有內在的質素，很豐富，又很便宜，我確信，有這類產品所在的人民內面，特權已在退滅中，地位和等級已開始混雜，不久更要膠合在一起，不能分開了。』

這個法國民主促進思想家的預言，雖然在美國也未能完全吻合，大概由於商業至上主義，又把人分割開了。例如白人和黑人間的衝突不停，本身便是說明「特權」未全退減了。

「不管怎的，我們還是向民主自由和平等的路上走，而且越走越快，避免不了的。複製藝術品，機械的文明如電影、電視也帶到了世界的古代文明，說明有一些人是這樣活過來的。這一點確如上一段話的意義，遠比古代爲平等了。

「可是，你不會懷疑藝術嗎？我偏見地認爲，過去數千年的藝術都是裝飾的，甚至非作用性裝飾的，最初可能還有一點表現一體性的民族圖騰，過一下子只會裝一個人，他的皇宮和他的國家，再下來便裝飾一些卿大夫士，和非富卽貴的人，他的起居室和他的死，藝術家便是替他們搞裝飾的人，我還感覺藝術不只在裝飾一個人，還裝飾了國家和社會，我們實在不知道，想不透，許多藝術和文學，除了裝飾和消閑的作用以外，還有什麼意義？

「例如說，歐洲第一家博物館畫廊的設立只有二百年的歷史吧！以前，文人畫家都是由貴族供養的，爲他們畫的，畫出來給他們看的，普通老百姓既然看不懂，也沒有什麼資格看到的。但是，世界會變的，世界是進步，人是會長大的，今天，博物館設立了，一般民衆也能接受「藝術」了！這是好的。大家有飯吃，有畫大家看，藝術是屬於所有人的。」「嶄！嶄！」阿九哥興奮起來了，「每個人都可以建立自已的博物館，由畫册、明信片式的複製品等構成的，眞好！卽使看不到原作，但也差不多了。我從前聽人說過，宋代有一畫家鄭俠，因爲到家鄉大饑荒——畫了一張『流民圖』，但現在到處找不到，我想，如果有現在的攝影技術，我想可以複製千千萬萬，就不會失傳了。唉，好好一幅『流民圖』。」

「鄭俠的『流民圖』的問題，倒不是全是因爲沒有複製技巧，以至失落了。王羲之的蘭亭帖不是殉葬了嗎？但臨摹者歷代都有，爲什麼呢？因爲又是書法，又是曲水流觴，又是千古之幽情，文人之雅事，當然大家去學、去玩、去享受高級生活！這些最適合歷代士大夫，官宦人家的口味兒了。意境又好，又不食人間煙火，又滿足了他們終日悠閒的生命和趣味，一切、一切，所以就留下來！爲什麼故宮名畫都是那個調調兒，不是金粉山水，便是神仙屋宇，不是美人，便是寵物野獸，一本藝術史其實就是皇帝貴族的起居之圖繪，狩獵啦、賞花啦、遊山啦、招妓啦……幾曾看見士大夫以外的中國人民生活的「寫眞」呢！是的。

藝術是為所有人而存在的

我們今日需要的是什麼藝術呢？在現代、古代藝術品確因爲複製發達而將知識散入民家我們的手裡，這是好的，我們可以承受了先民的文化遺產，但這是不够的，古代藝術是古代人爲他的社會而創作的，而且由於封建的專制，文人畫家難免有一點迎合和諂媚的創作，卽使有諫告，也是有時代局限的。我們在學習古人的創作時，自然也應考慮他們的苦心和熱誠。但也不要忘記他們身處的時代，那個時代是和我們不同的。我們不妨分得清楚一點。

「卽使在今日，藝術還是這樣子的。我們現在大都和美國和日本交易，隨同他們的商業品和工藝品，自然也夾帶進來他們的「藝術」觀點，取人所長，也是一件好事，只是等而下之，雜而多之，在大資本家，商人要拼命賺錢的心態下，一些工業製造，美術設計，顯然有投合現代人被漠視後，找尋刺激，逃避現實的傾向，於是，許多誇張獸性的藝術就出現了，殘忍的色情的電影，惡行的庸俗的電視，以至其他發洩無用精力的下等情操，都是用藝術的名義出籠，而且利用了大衆傳播，利用了不正當的勾結，强迫推銷，我們逐漸分不清了藝術和色情和商業，甚至被他們搞得頭昏腦脹，看不清前面要走的路了。

藝術應是從這裡闖出來！

我們現在希望什麼呢？我想仍是要求一個民主、自由、全民平等的社會吧！機械文明帶來了一個開放的，知識普遍的機會，但這還不太够，要我們進一步去爭取，我眞希望我們的藝術家不要受困於古典的貴族文化，或今日歐美的商業文化，建立一個我們自已的全民的平等自由的民族文化吧。」

你走了出來，天黑黑，夜深沉，明天還要工作呢！街頭有人微哼着「淸風向我吹」，你突然喜悅起來，是的，大衆藝術來到寮仔坑，也將從寮仔坑發揚出去，我們成長在這裡，也必然在這裡生活下去。

「世界是我們的」，你微笑的想到了阿九哥用力抓住他手中的塑膠畫時執着的神情。「藝術也是我們的。」你加一句，因爲你知道，這是你的誓言，也是你的方向，你將跟所有的人，一起去爭取，一起去努力。如果藝術還不在你生活中，你要把它放在內面。

生活就是藝術。

藝術的演化

一、演化史觀的藝術

「演化論」的觀念可說是來自十八世紀「人類進步」的理論：「相信人類會慢慢的從奴隸和不幸，進步到一種較高級且美好的生活，而且由他自己努力，將來會因理性和科學變得更好」。這是一種永恆革命的觀念。在傳統哲學思想上，演化論又是一種對舊西方文化那些假說：「人是由上帝造出來的，活在樂園裏無知無能，逐出失樂園後無依無望，且帶着原罪」作一個徹底的改造，說明人是自己努力建造出來的人，世界就是理想計劃的社會，永遠可以改造得更好，生活得更快樂！

藝術上也應如此。它是屬於人的社會和文化發展整體的一部份：由自然的生長過程，人類勞動結果發展出了人的身體四肢，群體工作發展了人的合作能力、共同思想，並且體悟了如何將學到的經驗傳遞給下一代，人類一起修正了野蠻的成份，加强理性，有能力適應和改造他的環境，使群體的慾望和生存目的得到滿足。藝術不是奇蹟、天掉下來的禮物，完全與物質性的「生存競爭」無關。藝術是由先民從實際生活得到的經驗技巧，譬如記事的畫，傳消息的語言，和暗碼的文字，紀念人的彫塑……大都是跟應用有關，通過了逐步改進的分化和整合，改造社會，增加美學能力，從簡單的藝術變爲複雜，由初步的到高度的，從粗糙的到細緻的。不過，藝術的演化並不意指後人的作品一定在前人之上。演化有時前進，有時後退，有時改易，有時迂迴，更多的是長時期的停滯，卽使是人類的歷史，也不見得都是向應發展的方向走的，歷史有時也重複着野蠻、復古的藝術！有人曾詬病明代的詩詞沒有超越前人的任何地方，然而在戲曲小說上却有空前的進展，歷史確走着一條迂迴的路！

在演化論上面：藝術史大概源自史賓塞的遊戲論。其後經過泰納的文化史上決定因素的研究。居友以爲美與慾望不能分開：一個「天才」經歷有三種不同社會：現實的、想像的，和他創造的；藝術家要通過科學精神來表現社會的眞相，又通過哲學精神來探討永恒和基本問題。新藝術科學的倡導是德國民族社會學者格羅斯的說法，他研究「藝術的起源」：認爲原始人種不同，但表現藝術則一，藝術不是一種懶惰遊戲，而是不能缺少的社會作用，最有效的生存競爭的利器，藝術不只是被動地而且主動的反抗流行趣味。我們有權要求藝術負起社會和較大的道德作用的。也是說：藝術應該是協助社會前進的。

二十世紀在藝術史的研究方面分成更多不同的小門派。歷史上，二十世紀是一個矛盾的發展世紀，由於科學的飛躍進步和各類知識的日益豐富，人口衆多，共同努力及地球的大量開發，人類控制了他的環境，但另一方面，叢雜的知識和意見使西方人誤認了人的極限，思想上，開始了普遍反抗十九世紀那種盲目的樂觀氣氛，二十世紀的西方竟沒有一貫的主見，沒有人類爲生存競爭那種天性快樂的喜歡生活的目的。在西方藝術上，一般只有疲乏和玩逸的傾向。

藝術史的詮釋中，意見也是雜陳的，最重要的流派如佛羅伊德的心理分析，以爲藝術是社會令人神經錯亂後的結果。又如史賓格勒、索羅金、克魯伯等那些歷史週期說，認爲每一種文化、歷史、文化系統，或思想體系都有一個生、老、病、死的過程。所以，索羅金便以爲，自十六世紀以來，歐洲文化經受了資本主義、民主主義、基督敎、個人主義、實用主義、契約思想和感覺性的洗禮。或如文學上的主張藝術獨立自足的新批評：極端的肌理主義者，走入了一條死巷，認爲：「詩是一種神聖不可侵犯的整體，綜合創造想像力的產品，而藝術是一獨特的經驗範疇？一個整合的象徵，和一個純知識但可神秘地領悟的工具。」（Walter Sutton 一九六一年在美學和藝評雜誌的批評）。還有其他二極型的註釋（如席勒把無覺和濫情相對比，烏夫靈把單線性和循環相比，好像藝術世界上一定要二分！）

我們上面介紹了一些不同意見的藝術史論，大概各有所偏，一家之言，只見有些太專門，有些太普通，有些局限一人一地，有些太急於尋求放之四海而皆準的文化史學，最壞的還在他們都不曾把藝術和人與社會聯結起來，藝術家當然也不當作一種改造社會的人了。「義理、考據、詞章」都兼顧的藝術史，並不多見。

比較起來，近代藝術史學亞諾・豪斯的「西洋社會、藝術進化史」(Arnold Hauser: Social History of Art 1951) 算是一本從社會學觀點，分析到各年代西方藝術的風格、技巧、市場、人物的一本書，下面我們想來介紹一下豪斯本人的藝術史觀和這本書的主要內容。

二、「西洋社會、藝術進化史」的哲學

亞諾・豪斯是原籍匈牙利的一位藝術史家，重要的有關藝術史著作有：

㈠西洋社會、藝術進化史（一九五一年紐約）。

㈡西方藝術史的哲學（一九五八年紐約）。

㈢復古主義：文化復興的危機和近代藝術的起源 (Mannenism)（一九六五年紐約）。

豪斯的基本藝術史觀是演化論的，由於近世紀以來社會科學的發展，他大量運用了社會學和心理學的觀念。在藝術史書中，他用一貫的演化觀點，縱述由石器時代的原始石上刻畫到二十世紀電影時代的歷史。任何藝術都有三種互相關連、互相影響的因果關係：心理的、社會的，和風格上的。

在風格因果關係上，他批評了世紀初烏夫靈學派的內在決定論。(H. Wölftlin: Kunstgeschichiliche Grundbegriffe 1915)。這派認為藝術形式的歷史是因內面醞釀而改變外貌，要求

更新的，畫家在風格上受畫家的影響遠在模仿自然之上。豪斯反駁他們無法證明藝術演化沒有外在環境因素。一件工藝品的演進史，自然有其內在因果，這地方可以說有自生自主的發展。但歷史發展應重視那一種因素才是最主要的影響因素，豪斯認爲社會學的因素是最大的，藝術家的態度受他的社會訓練、地位及工匠行會所決定。例如他針定烏夫靈對中世紀巴洛克的研究——豪斯分析巴洛克藝術，受到哥白尼的「地動說」影響：人類是宇宙一小點，但却因發現浩瀚宇宙而獲得無比自信，巴斯葛說：「無限宇宙使我震慄」正是中世紀人的自覺，在巴洛克畫風上也滿是這種無限宇宙，和泛神式所有物質的相互關係的回聲，畫中的線條，細節部份，以至光線和陰影，都包含和指向無限，甚至在荷蘭畫家平靜的日常生活中，也感覺出向「無限」的追求力量，和那種常要喪失和諧的「有限」。他拿這點外在和心理的分析否定了風格自主說。

心理分析上，豪斯認爲個人有某種心理自主能力，可以與社會條件相抗衡。但這種心理也受到社會因果影響，如尼采和佛洛依德所顯示過的，思想上的意識型態的特性，自我欺騙便是心理受到社會壓迫而逃避的結果。但他批評純心理分析也是反歷史的，因爲現代人所受到的與社會衝突和被壓迫的痛苦，然後反映到藝術上的動機和形式，也竟是一些社會條件，這種條件是後天的，時代性和地區性的。沒有永恒對人壓迫的不變環境，人壓迫人的事實可能比一切因素更是重要，也是要消滅的。

豪斯以爲藝術是社會事件的產品，同時也是社會事件的原因，但僅是社會學觀念並不能完全幫助人了解藝術。他反對簡單的唯物論：藝術僅直接反映了社會經濟的條件。沒有「正——反」這種風格因果的運作過程，藝術演化史不可能有規律，他並以爲一定是由簡單變爲複雜，這種演化，一定要發掘和解釋每個藝術在演化過程中的位置，才能了解藝術與人的關係。

在豪斯的藝術哲學上，還是相當忽視個體藝術家對當時藝術趣味所起的主觀反抗的。例如他只强調十七世紀時荷蘭由國力强盛引起畫市場的興起和趣味的問題，而沒有詳細研究當時畫家如林布蘭特等心理和趣味的個人努力，以至風格的改變等。另一方面，過强的重視演化，於是每一個藝術作品都是演化結果，必然性是獨特和相異的，正如每一時代都在歷史過程中有一獨特地位和與前一代截然不同。但歷史有它的回潮，藝術有時也會重複趣味循環的，豪斯顯然也太誇大歷史的相異性了。

三、一本優異的藝術演化史

豪斯這本藝術史共分爲四篇八章：

㈠先史時代（古代篇）

㈡古代東方的城市文化（古代篇）

㈢希臘與羅馬（古代篇）

㈣中世紀（中古篇）
㈤文藝復興、復古主義、巴洛克（中古篇）
㈥洛可可、古典主義、浪漫主義（近代篇）
㈦自然主義和印象派（現代篇）
㈧電影時代（現代篇）

在這本數十萬字縱貫整個西方藝術發展史的著作中，有時代的背景介紹，有風格的改進，有藝術家的主見，有藝術流派的演變，有思想的改革。有作家對社會的影響，有代表一個社會和時代的畫風和藝術的分析……是一本把歷史的進展和藝術的發生相關連地寫成的，而且非常詳盡和分析性地把藝術上的內容和形式，思想和技巧，利用社會和歷史的外因，畫家心理和生活的內因，說明了它們出現經過和演變因果關係的藝術史，

這裏，我願意簡單地說一下我自己念這本書的一個線索，也許有一些入門的用處。（正如這篇文字也著重於介紹和滙集一些意見，而非我對這本書和藝術哲學的評價。）

這本書的主題是人與藝術的關係：藝術怎樣促進人與人和人與社會的溝通，人怎樣通過藝術去建造他們的社會。

所以在第一章，便清楚地說明原始藝術是人理性的產物，而不是感性，表達的是人所知的，並非所見的一種社會上共同的智慧。另一方面，卻又發現在各時代的演化中，藝術因爲觀念論的

不同——（原始藝術重視的動態瞬刻的捕捉，與後來印象派和攝影相近，却大別於人類控制自然初期時對靜態宇宙的要求）——表現了人的社會分期中有不同的「和諧」理想。

但人的社會怎樣來呢？這本書用「都市文化」的開始和演進作爲解釋的主要理由。由於都市文化根基於人的聚居、分工社會的成立和日益精細的發展，藝術家在歷史舞台上開始活動，由低卑的地位向上爬。藝術家地位的提高，固然由於藝術技巧本身的進步與及藝術家在分工制度下有適當的平等地位，在西方社會上，可能都是歷史的結果：西方自羅馬帝國以後，民族地區和商品經濟的興起，促成了一個廣大藝術市場的經濟制度。

每個年代，藝術怎樣商品化呢？它的價格制度和當時的藝術趣味怎樣協調呀？然後又在怎樣的思想和經濟改變中，藝術重新調整它的風格和趣味觀？藝術家的從屬性如何？他們與社會的關係怎樣？如何使藝術和社會銜接和衝突？藝術家是社會一份子，究竟他們怎樣才歷史地提高到一種社會地位，甚至有意識地體認他的社會和奮鬭？

例如我們希望有人能研究一下中國的藝術市場？中國的技師和工匠與社會的關係？能否從中國畫家和文人作者的商業性和商品價值，看中國社會的變化過程？中國的藝術市場如何？與當時經濟社會如何相關？反映了什麼？韓愈的諛墓金是否有時價？明代說書人流動如何？生活如何？當時一本劇本或代作一本小說實價多少？鄭板橋「紙高三尺價三千」是否市價？林琴南的翻譯造幣廠GNP多少？臺北、香港目前那些流水作業的油畫行情如何？（是否如十七世紀的荷蘭？大量出口油畫的Antwerp，以滿足某些要求而已。）

四、野蠻中的文明故事——藝術史

在人類悠久的奮鬪史中，藝術家不只在作爲一個人的掙扎生活，同時也爲他的職業在人的社會中求取獨立和平等，這是對外和對內的「兩面作戰」。

㈠人類文化的開始源自人類局部的、小量的聚居生活。暫時的，朝不保夕的游牧生活以改換到畜養耕種，秋收冬藏一類有「長期經濟計劃」的農業定居，藝術也許起源在這種日子。農事是季節性的，「行有餘力，則以學文」，人類在空閒時間中也勞動創作一些輔導生活的各種文娛活動；初期的男女分工的現象，現在出土的器皿上某些幼細的幾何花紋，能看得出這是女性的特質，但却同時表現有原則和秩序的社會生活。羣居的生活和人類的努力，人的社會漸漸擴大，小鎭的出現，促使文化的形成和分工專業：有些藝術變爲宗教祭祀，有些供應生活需要，例如殷代的靑銅器，埃及的建築，這時的藝術，很少反映到藝術家的個性。從此，民間固然仍保留一線緩慢但堅定地發展的應用藝術，但另一方面，比較精緻和奇巧的藝術和工匠，全轉到僧侶、帝王和富貴人家的手下。所謂「人類文明」，在享受特權和趣味相同的文人雅士或僧侶官吏筆中記錄下，歷史成了帝王貴族的起居註，藝術也者，不外這一羣統治層的口味罷了。公天下變爲家天下後，傾覆頻繁，產生了風格的流變，而藝術家也在這些人特別的供養中，發展了較高的技巧和某些個人的創造趣味。但一般來說，個人的藝術仍非表露性的出現。舉例來說，中國的先秦時代，西方的希臘的藝術大概在社會上和哲學上得到說明。哲學上，先民初度控制世界，主觀地希望世界服從某些定律，嘗試把一個「變動」和凌亂的現狀，改用一個「靜態」的、機械性的一些永恒眞理原則來管理，藝術在這時代，反映了這個要求：一個有限和諧的宇宙。社會上，當時的「口語詩」說明了藝術家的初次出現歷史的舞臺，如希臘的荷馬史詩、悲劇，中國的詩經和楚辭。荷馬史詩只記載勝利的果實，事實上，它正是貴族的記功碑，在慶賀宴樂上由詩人或英雄自己演唱的曲辭。詩經中頌和大雅可能也屬此類—宮廷詩人貴族口傳了史實。但由於戰亂和國中衆多民族興起的紛爭，戰爭中引起的喪亂，不安和飢饉，沒落的貴族在民間的哭訴形成了小雅和頌。到了末期，楚辭的個人史詩竟寫到了個人家世和個性的表露。藝術開始了它的個人主義。自然，也是有個人英雄時代的緣故。

㈡經過了一段古民族的內戰和認同後，古代世界有一段政治上大一統時期，社會上却大力發展農業社會經濟。構成了西方文藝復興以前的中世紀時代。在中國却由於農業社會的過度發展，依理論來說該是在宋代之前，但唐代的文明却又是商品文化以前的一個高峯，西方似乎沒有一個可比較的相當時代。（也許由於中國農業經濟的過度延長，商業文化晚起和緩慢前動的緣故，和西方工業革命以後的快速社會變化相比，有相當程度的停滯，例如法國大革命後的市民藝術時代，可能與辛亥革命後的沿海都市文化相提並論較適宜。歷史的演化是有地區性的，我們下面只論西方。）

這一時代的西方藝術，理論上强調靜態世界的發展和安定：生命的目的在擁有永恒的價值觀，它是不用懷疑而且存在於每種永恒有效的形式中。這個時代是僧侶統治思想，强有力的信仰眞理和道德律，他們不會感到良心衝突。「上層」的藝術不再是美學欣賞和趣味，而是對神服務的延長，奉獻和虔敬的禮品。從這一點看來，西方中世紀上層的發展並不是延續希臘的傳統——個人的出現，却是回復到原始時代。歷史中分期，有上升發展的社會、事物，也有沒落要被取代的。希臘時代是小規模農業和商業文化，靠奴隸制度廣度的發展起來，但中世紀却是奴隸制衰落，自由農民和農業經濟在整個廣大歐洲發展，若沒有「黑暗中世紀」潛伏但深厚的民間開發、以至地中海商業文明造成中產商人大量的出現，就不可能有「文藝復興」的。（在中國，農業社會經濟發展較早，而且極限的地理條件，反而延續了古代文明。陸機文賦和謝靈運個人山水詩派的出現，以至於魏碑中刻上碑工的名字，說明了文明中的藝術個人主義，只是這種個人主義並不是像西方一樣簡單得到了商品經濟和中產人的支持，不過是政治上官僚社會的成熟後的「學文」消遣，因而只在文人圈子裏，而非在社會上得到推廣。個人藝術在中國是點綴，而不能很早發展成商品，正是農業經濟的特徵。）

㈢文藝復興的最大改變，是歷史性而非藝術性的。藝術上進一步的發展，還是待工業革命以後的事，但文藝復興已滿蓄了個人的思想解放，這種藝術家自我掙扎求取解放的過程，貫通了西方近代史：一方面由上到下，從技術創造中尋求個性表現，這是僧侶和貴族供養的宮廷藝術家的出路；另一方面潛伏在廣大民間的工匠，長期的應用藝術的生產，也因藝術市場和商品經濟逐漸自由，尋求更高的社會地位。

當然，文藝復興時期內的藝術，還只是一個高階層的拉丁主義的貴族藝術。也許最有意義的是出現了一羣與教堂中世行會無關的「人文主義者」，他們强調了一種獨立的藝術趣味。但也在此，發揚了西方「爲藝術而藝術」的頹廢反進步畫派等。在要建立一個更廣大的自由、公平的社會道德上看來，因反抗思想和宗教的統制，西方知識份子走上了個人主義的逃避，誠然是一種歷史的錯誤，藝術逃避不過是其中最簡單的可行途徑而已。文藝復興的畫風事實上不是把自然的和超自然的現實對立起來，而是在自然現實中建造鴻溝，將人的現實和烏托邦式和諧自然相對立，矗立了一個永不到達的幻想，換言之，即是把中世紀的宗教式逃避改成所謂永恒的藝術美的和諧，結果是把人在現世中的衝突和不平，蒸發到虛無渺飄的痲醉國度去。

例如當時的復古主義（Mannerism），他們反對中世紀的敬神畫風，模仿古典主義希臘羅馬的風格，一方面他們在藝術上完成了自覺的藝術觀，藝術不僅是選擇題材，應用工具和重複自然等，藝術家有它的文化目的，可以用理性來解決傳統和革新的關係，他們選擇了復古而已。在畫史上這是首次的自覺表示。另一方面，在心態上他們不能正視中世紀農業大發展以後，許多秉併、吞食、剝削、爭奪……等等人壓迫人的社會現實，中世紀的教會祀神和虔信不能解決這個沒正義的人間事實，藝術上的敬神頌聖已失去作用，藝術家能否創新來表達生命的艱苦或社會上的不幸？不能！中世紀的知識份子仍屬於上乘社會，附屬在那個社會圈子裏的藝術，只好逃避到沒有心靈的和諧美那種古典主義去了。

㈣歐洲在法國大革命以前已完成了中產文化主宰的局面了。由於當時社會不斷的革新和調整，商業的發達，印刷術的傳入和教育水準的提高，以至工業革命的來臨，這一切加在藝術上面，是由於社會的結構改易而引起對藝術的不同看法，新的統治層上臺以後，隨而變更了藝術的保護人，方法和趣味。文藝復興强調且擴大的退隱主義：新興的富有的中產商人有更大購買藝術的錢，但他們的生活習慣與僧侶性敬神畫派不合，他們新口味是田園的隱居趣味。例如十七世紀初的荷蘭藝術市場就是這樣，荷蘭爲當時歐洲商業中心，海上王國，最富有的資本國家，享有了一個有錢中產商人爲主的社會，當時藝術投資成爲一時風尚，據說十六世紀大城市 Antwerp，當時竟有三百個畫師在大量生產圖畫，而當時全市只有一百六十九個麵包師，七十八個屠夫。難免導致藝術市場的供過於求，以顧客趣味爲依歸。對一個普通的有錢人家，他們希求什麼藝術來滿足呢？美感？裝飾？懷鄉？確實，從最基本的個人要求說起，小尺寸的畫。每日生活、打獵、靜物、田園、宴樂之類，個人經驗，……不再是中世紀傳統的宮殿教堂大畫。由於市場的發達，藝術掮客成爲藝術家和民衆的中間人，藝術商品化的結果，使畫家跟社會脫節。只爲應乎某些需要，可能是推銷商製造出來的新口味，也可能是某些高價的古代畫的仿製品。藝術開始走上一條迎合顧客水準的個人畫家的路。後來發展下去，歐洲畫廊的興起，博物館的設立，音樂會的開辦，書藉的大量發行，藝術家不再依賴別人的供養，而一般民衆也只需購買一張門票，一本書，便可以自由欣賞，建立了一種全新的關係！藝術可以獨立發展，而非需由富有者豢養。

㈤工業革命後，西方社會的封建政權和貴族階級慢慢的退出歷史舞臺，中產階級佔領了社會一切活動場所，帶入新的口號：知識就是力量！十八十九世紀一連串的運動都是以小市民為首的知識份子的努力，啓蒙運動，法國大革命，浪漫主義狂飈運動，自然主義，寫實主義……這一切只證明一件事！知識份子包括藝術家已完全獨立，而且為他們自己的利益奮鬪。他們創造了現代的文明，以個人為中心求發展，他們改造了世界。但是，正如美國大革命倡導的雖是所有人生而平等，其中「人」的定義却只意指代表他們那一羣人：中等商人本質的人，而非廣泛地包括其他如黑種人那類的奴隸和歐洲來的白種移民。退一步來說，即使他們要求著政治民主，如在法國大革命所致力的市民份子，可是，在經濟上他們並不主張平均財富，保留了當初幫助他們走向政治舞臺那種自由競爭的放任經濟政策。十八世紀二個代言人，伏爾泰和盧梭，代表了二個極端：理性主義和浪漫主義，這正是中產者的兩種個性，他們嚴重地打擊了封建，促進了一個開放和無限發揚的以工業商品為主的社會。無疑，藝術在這些推奪個人中有飛躍的發展。

新興的小有產商人是這世紀的主人，他們放棄了十七世紀初那種享樂和墮落的洛可可文化，富有的商人的玩世哲學觀念，急切的要改革社會和自工業革命以來的控制世界和進步的熱情，確實，他們反對以前貴族階級對文化的壟斷佔有，特別强調個人主義和對獨出心裁創造的狂熱。他們否定風格意義是某文化集團的意識和故意共同出現的，藝術該是自由放任，讓藝術家隨意創造的。但是，這是不可能的，從教堂和堡壘中解放出來的藝術家原來是受到貴族國家豢養的人，他們事實上沒有經過工業革命的洗禮，他們換了一個主人，原則上是小有產者那些羣衆，但事實上竟是一些商人，以畫商出版家爲代表。更甚者，小有產者把中世紀以來的官方宗教式的世界觀，換到適合自己的自由競爭的經濟條件下，個人小家庭式的世界觀，本質上仍是以以前的生活和哲學作標準。十八世紀以來的藝術哲學，如果用這些新興份子的理性和浪漫作爲代表，是沒有全面觀念的。作爲一種促進封建社會分化和解體的武器，理性和浪漫是最有效的，隨同時代的進展，一當這些自由放任成爲法則，小有產者是天之驕子的時候，理性却是他們用來保守他們財產利益的利器了。由於沒有一個屬於所有人的整體觀念，例如啓蒙者和浪漫的英雄們所持有的，甚至竟是一般盲目的自信和自由放任的競爭的熱情，「理性和浪漫」只是個人放任自由的藉口，只成爲隨意運用金錢，享樂及欺負窮人的理論根據，不能成爲處理現世問題的手段或方法；事實是，小有產者的「理性」保守得足足使以前封建社會借屍還魂，改用不同的剝削方式把社會再分割而已。藝術供應了新權貴的熱點心，由皇宮移到了歌劇廳，把皇帝起居畫像轉換爲小有產者的客廳風光，一切過去貴族的享受和玩樂的藝術現仍延續着，而且發揚着，例如細緻的並不自然的芭蕾舞，或幽雅古典的藝術形式。這是因爲中產人還未找到從工業革命以來能表達自己的眞正的聲音，也許遲到二十世紀，藝術家才能正視他們所處身的世界，已不是理性與浪漫，或市民革命以來所推崇的倫理道德——純眞、誠實和虔敬，甚至反輕薄浮侈，認爲世界永遠在進步那種樂觀主義的信心所能包容了。

㈥十九世紀中產文化抵達了「極點」，哲學上發展了純理性的抽象系統，科學上脫離了現實的純學術研究，藝術上冒出了一個一個主義和運動。最初浪漫主義替他們破了土，但奇怪的是，這些主義運動竟不如封建時代藝術旨在於保障和肯定當代的價值，剛剛相反，即使本質上藝術大量利用了中產文化的放任特質，實際上它仍在矛盾地嘲笑和否定這種中產文化的庸俗和僞自由的地方，至於每一種繼起的主義和運動：印象主義，達達和超現實主義，寫實主義和存在主義，甚至結構主義，他們都在揭露出不同的中產文化的弱點，像要送它去埋葬一樣。

五、再出發我們的藝術家

我們來到一個藝術分水嶺的難關。我們的世界每日碰見的是什麼？而我們的藝術是否在考慮這種問題？我們是否站在自己的土地上說話呢？

我們必須正視我們現實的處境。這不只是不幸、災禍、戰爭、流行症、悲哀、疾病、損傷、意外、錯失、混亂、墜落……這一切有因有果，而且一定會過去。但我們的現實處境却不是，它不是生命的挿曲，它是生命的總和，藝術家怎樣面對和嘗試解決這個必要解決的問題呢？

在我們時代裏，百花雜草的藝術流派像人類歷史一樣地重疊著。在藝術表現上大概有三種大流派：

(甲)傳統上，可以用亞里士多德的「昇華淨化說」來代表。他以爲藝術，如古典戲劇，解決方法是：模仿人的行動，引起人的憐憫和恐懼，以至因意識高漲而破壞了內心平衡，從而摒棄那些感覺，走入新的更高一級的平衡，就是說，通過藝術的形式，來淨化人的靈魂，即使人在現實不能解決人間悲苦，但這類「轉形」本身，便有「拯救」人的意義。問題正在永遠存在的現實處境是不可能淨化的，它不是揷曲，它是不會過去的：是時刻存在的，人的悲苦不是轉形一下便忘却了的，難道要人的眼睛和頭永遠伸在雲端，不理會人間?古典藝術不過是一種虛僞和無能的逃避現實的勾當而已。

(乙)小有產者商人發展出來的金錢哲學，從而依金錢商業的方式來改造世界。可是在這改造過程中，藝術等等的參與都不實際，雖然缺少不了藝術的裝飾作用，藝術家從貴族的庭院解放出來，立卽被羅致到粉飾商品的工廠去，藝術家實際上並未得到自由自主，只是換了一些服侍的主人罷了。(雖然消極上他有不工作要餓死的選擇。)於是，藝術家在成熟的商業社會中深深感到「隔離」：一方面專業性的自覺使他認識到無法直接參與現在社會，另一方面個人的處境又使他不能生活在這非人性的世界裏。二十世紀以來，不管是畫家，小說家，還是戲劇家的反叛是必然的，他們的作品，如畢卡索的畫三頭六臂乃至於牛頭人身，戰後抽象到寫實畫所顯示的混亂、個人生命的無意義和絕望，卡夫卡寫出的變形以至無罪被判刑，尤尼斯柯自嘲自殘的犀牛及禿頭女高音，或「等候果陀」那些無聊的荒謬劇，均明顯地反映出他們的抗議，他們找不到解決痛苦的方法，但又清楚知通這些痛苦是不可能昇華或粉飾的，藝術已走完了他作爲個人英雄那種角色的路，他們知道他們站在世界的負面，歷史照不到的地方，因此他們也目盲看不到前途，他們只能赤裸地把他們生活的現實倒瀉出來，在青天白日之下曬一下，引人憤怒和反感，希望還它一個淸白，現在西方藝術已走盡了人的絕望，也宣告了中產文明的絕望。

(丙)不管社會上欣賞昇華淨化，或藝術家創作他的主觀透視和抗議，事實上，世界在變。形式上，這是一個大量複製品，大量觀衆，全盤開放的機械重複產品的世界。歷史上，高等純藝術和民間藝術結合。社會上，兩極的藝術觀，不是接收便是批評，終於混成一體。哲學上，靜態的科學事實與動態的生命力合爲新的世界觀。我們的時代正醞釀新的藝術，例如複製品，電影和電視是最好的例子，說明了藝術的進展是這樣子的：從頌讚的，由個人佔有的，展覽會式的，改變到今日消息性、屬於所有人的和引人參與的。「大衆」藝術已經存在，等待着新一代的開發，等候新藝術家。

歷史的藝術，集中在我們這個時代裏。然而也因藝術是歷史發展出來的，它還拖着長尾巴，它拖着野蠻時代的獨佔性，拖著早期的祭祀性，它更拖着濃厚的商業性，沒有文明的歷史不在同時也帶着野蠻的，我們記得浪漫主義運動初起時那一種的囂張。而在我們時代的社會，「藝術」却不幸地全放在一個「消費」商品政策的觀念裏。藝術祇是一種消費的觀念，連讀者也灌進了滿腦子「消費」，爲消費而消費。康德曾認爲藝術應是有目標的目的性，而我們的藝術恐怕是無目標的無目的性；大衆藝術本該是民主的自由的結果，但事實上，它竟是商人們及意見製造者獨裁壟斷的消費產品，違反民主自由。現代藝術實質上是虛僞的、不具體的，且非由人自生出來的。現在商場上推行的「文化工業」損害人的程度遠比古代帝皇控制藝術的殘酷爲甚。逐漸人們發現了，「消費」的經濟觀念掩飾不了「分配和供應」上「社會不公平」的先天含意。我們不能與只談「消費」這種沒有正義概念的隔離人交往中談論我們的文化藝術。

我們來到了新時代的門檻上。

我們重新眺望歷史。情不自禁的感覺到：個人的沒什麼可說的，但歷史應該好好的重寫一次了。不只是爲了要能詮釋過去，而更在要從歷史中肯定努力的方向。

從藝術的演化史中，看得出這種演變，藝術是怎樣來的？是由於生活上的需要，而也是生活的一部份。先民們拿來記載自已的收穫，警告危險野獸，登錄生活要事，乃至紀念先人，藝術與人的群居生活是分不開的。到了家天下時代，「祭則寡人」，知識被封建帝皇控制、藝術家也是受帝皇豢養的奴隸，藝術趣味當然也是帝皇獨家享用的。隨着封建政治經濟的發達，藝術也變易為統治集團小圈子的玩耍品，因而發展出一套供給貴族享樂的、或解釋鞏固統治世界的哲學和藝術觀，藝術因此精緻裝飾化，與大衆日益距遠。工業革命和市民代議政府成立以後，都市聚居了一群小有產者，他們繼承了封建時代的藝術為享樂品理論，於通邑大都開音樂會，建博物館、印刷報紙、出版小說、演戲劇、辦畫展……小有產者市民可以用錢購票「欣賞」藝術，可是，藝術家仍是社會上隔離的一群，自然，這也因為沒有所謂「藝術」問題，只有人的社會問題。我們的藝術家明顯地將溶入廣大的社會去，成為堅强的，參與改革和進步的社會一份子。也只有這樣，藝術才又回人間，成為我們生活和工作的社會纖維吧！

也許我們還要學習應怎樣考慮藝術。近年來有一個很好的學習方向在進行：例如報導文學，紀錄片，寫實的繪畫，藝術家用具體事實說道理，來討論爭辯，眞實寫照的世界，强迫我們觀察「人」這個主題，也是唯一的主題，他們甚至希望我們採取行動，實際參加工作，認同這個現實的世界。一句話，藝術成為人的挑戰對象；藝術是一個向人學習，也要人來學習的主題。而藝術家，已不再要作為一個英雄，一個天才，一個冷眼旁觀者，而是，促進新世界的工程師，他們和政治家，科學家，醫生……，和所有人一樣，一樣的愛社會，一樣的負責任。面對着未來：他們要催生一個新世界。藝術不再是文明中的野蠻成份，而是在即將來臨的文明中，聯合所有人，在不同的場合，做不同的工作，為一個公平正義的世界努力。他們一定成功，一定脫胎換骨，創造出新的屬於社會的藝術。

性的文化

——勞倫斯這個例子

(一)「藝術或色情」？

也許「色情」和「藝術」這個問題已是老話了。每一個年代，每一個地方，喜歡思考的人都會把這個問題重新提出來，或者討論「色情」和「藝術」的分界，或者討論色情的尺度：諸如色情文字却放入藝術加工後是色情還是藝術？藝術中深及性慾描寫是藝術還是色情呢？甚者進一步討論，能不能在文學、繪畫、電影等藝術中描寫性慾？描寫裸身是否就是色情？

這類問題要解決並不容易，因爲我們心中，常有一種隱蔽着的認定，性慾是人性中最下賤的，不能說出來的，而藝術是人性中一種昇華，神而明之的，這二種東西是不能相提並論的。可是，歷史却很明辯，偏偏「性慾」和「藝術」常走在一起，像雙生子一樣。那麼，只好名之以猥藝文學，色情藝術了。並且，施以種種的社會制裁，無怪乎佛洛依德慨嘆道，性慾不能正常發展，整部人類歷史，不過是一部「神經錯亂」的人類的病歷記載罷了。

當然，我們明白，佛洛依德並不是提倡「無目的之自由情慾」，純是性滿足並不能解決神經錯亂的問題，只是長期的鎮壓使人變得不正常而已。性慾的問題其實是人和社會對立的問題。

最先表達這個對立的嚴重性自然是藝術家的敏感了。藝術是人和社會生活間的一條橋樑：它反映個人，同時也串連人的社會。歷史上，藝術家在西歐和中國，也經歷過不少這種奮鬥；把性慾問題勇敢地提出來，以致受到社會指責，鬱鬱而終。例如林語堂當年以「子見南子」一劇哄動一時，衞道之士斥罵他爲辱聖邪道。而美國惠特曼的「身體之歌」(Song of the Body) 被禁出版，社會譁然。

我們今天要重新討論這個問題，也許亦有一點時代意義：究竟藝術是什麽？我們現在與藝術的關係怎樣？而現在是什麽？我們又是誰？或者從這一點開始，能够了解多少就算多少吧，如果不能解決的，將到的一代會再重新檢討這種難題，一個人的處境的關鍵。

我們不妨從英國作家勞倫斯 (D. H. Lawrence) 著作中找到一些啓發，上半世紀，他在性慾和藝術問題上，化費了不少時間思考，他可以代表其中的一些典型。

（二）勞倫斯與「精神分析」

勞倫斯在一九二一年出版的「精神分析和無意識」說出了一段話：

「一件事……，精神分析一直沒有決定的，這就是人的原始無意識的性質。亂倫慾望（INCESTCRAVING）是否在原始心理中遺傳下去呢？·亞當與夏娃（西方傳說人類始祖），開始感覺到他們身上的性時，他們開始覺醒到他們的原始有身，那是在一切知識之前的事！但當分析家發現無意識中的亂倫心願時，他所眞正發現的只是性慾中一個被人性强鎭壓的思想名詞。這甚至不是抑止的性意識，而是被强鎭壓的。這卽是說，這絕不是原始的，且是心態以前的。它是在其中那種心理上說不出來的願望。這也是說，亂倫慾望是由心推及到原始無意識的，卽使是無意識地推及到。心是它自己的恐怖製造者，有意的無意識地。而且，亂倫心願基本上並非一個原始慾望，却是存在着的性和愛情的思念之邏輯伸延。這就是，心把亂倫思想轉換到成人的熱情心魂裡，且將它藏在那兒成爲亂倫的願望。」

這一段話指出佛洛依德的「精神分析派」和勞倫斯的「藝術家派」的區別。佛洛依德的診斷報告並沒有加入道德批評，他也不曾建議，滿足亂倫慾望，便可以醫治人了。它不過指出「亂倫的不可行性」在病人生命史上成爲節制的要素罷了。因此，這個要素簡直不能成爲有意識的。但認識它或對治病有助。

勞倫斯却作了一個詩意的、神秘的假設。他以爲這種「無意識」是一切眞動機的源起，是先天的原始，「性」是自然的產物，但在社會上受到强鎭壓，不能伸展，故此建議回復到自然的狀態。勞倫斯反對佛洛依德把「性」變爲有知，他認爲只要性慾得以享受，即使是無意識地，人不會有罪惡意識存在的。他進一步說：

> 亞當和夏娃從伊甸園被趕出來，並非他們有性或犯了性行爲，但爲了他們已認識了性的存在，和性行爲的可能。

勞倫斯竟相信了「自然」就代表純潔，一切美的象徵。他反對一切的機械文明。這種對性的態度，在他的小說：「白孔雀」、「兒子與情人」等等都有頗一貫的表示，在「查泰萊夫人的情人」中更顯露無遺，他的自然主義竟使他成爲當時提倡「性自由」的先鋒。一般衞道之士把他和「猥褻」的色情文學連在一起，不過我們却要認淸這一點，勞倫斯是極端反對「色情藝術」。他的「性」和「色情」頗有分別。

（三）「查泰萊夫人」

在勞倫斯去世前幾年，他用連續地直接寫作和行動來表現他對性和色情分野的看法，重要事件有：

㈠「查泰萊夫人的情人」在一九二八年出版，惹起大禍。

㈡在倫敦展出的書被查禁（一九二九年）。

㈢「色情文學和猥褻」論文出版（一九二九年）。

㈣「關於查泰萊夫人的情人」論文（一九三〇年死後出版）。

這些事件的主題當然是圍繞着「查泰萊夫人」這本「情慾」小說所引起的騷動，其實也是勞倫斯和他所代表的那一派思想的一個結晶。

「查泰萊夫人的情人」說些什麼呢？勞倫斯本人一再說得很清楚，他有意把書寫成「性」該是這樣自然赤裸的，而非我們人間的那樣子。

「我們今日最重要的工作是認識性」。

「這是這本書的眞正目的。我要男男女女都能想到性、完全、所有、誠實和清潔的。」

「卽使我們不能在性中完全滿足，讓我們最少能思想到完全而清楚的性。」

於是整本書就說一個女人，從丈夫的性無能中，找到一個情人，幫助她完成了一個有感覺的女人生活。這個故事並不是很突出的社會特例。可是，勞倫斯却把它無限美化了。他把故事放在一個「原始的森林」中，一對情人可以無憂無慮的談心和做愛，甚至是夢幻地和身心大自然合而爲一，沒有人間。顯然勞倫斯已放棄了他早年在礦區生活的環境，他已自覺或不自覺的逃到毫無現實生活下的大自然或貴族生活的條件中了。

勞倫斯寫了三次「查泰萊夫人」，從每次的更改修正中，可以看到他怎樣縮小，大力減輕故事中會有的現實環境的複雜性，到了最後定本時他竟創造了一個幻想的田園世界。第一次的寫作時，他把「看守人」（情人）寫成一個有惡意的人，下層人的粗魯個性和有急進的思想。第二次寫作時的結局是，查夫人和情人的前途是沒希望的。到了最後第三次的結局，這個「看守人」竟要放棄一切，希望到外國，加拿大什麼的，找到一個小農莊，過生活。

「我相信我們間的小火燄。現在，這是我在這世界唯一的東西，我沒有朋友，沒有內在朋友，只有你。」

勞倫斯已完全走進一個自然主義的逃避現實的世界，第一次試寫時，他也許仍希望他的小說扣關世界的，或者他的人物跟世界問題有關的。可是，最後他全改變了，也許和第一次相距一段時間，在寫作完成期間，他患着嚴重的肺病，而世界歷史上，正籠罩在二次世界大戰間的低氣壓中，勞倫斯在性的和諧中逃避現實，找到他的世界的和諧，想是這個原因了吧？

（四）勞倫斯的性解放觀念

勞倫斯曾寫過一封信給他的文學經紀人白朗 Curtis Brown，談到這本書：

「誰說「查泰萊夫人的情人」是一本髒的性慾小說，他就是騙子。這本書甚至不是性的，它是崇拜性的(Phallic)。性是一件存在在頭頂的事，它反應是大腦的，作用是精神上的。而性崇拜的事實却是溫暖和自動自發的(Spontaneous)」。

什麼是色情藝術?歷來都沒有明確的界定，「查泰萊夫人」這本書到處惹起「禁查」風波。因此，各國常引用禁查這本書的條例，作爲「色情藝術」的準繩。例如日本在一九五七年的判例，可作世界各國的一般代表：

「其內容徒使性慾受到刺激而興奮，且有損於普通人的正常的性羞恥心，違反善良的性道德觀念的文書。」

這條例的主題是，對個人來說，色情藝術會令他受到性刺激，對社會來說，會令其敗壞風俗道德。這是禁止公開發行的理由。

勞倫斯在二篇論文中皆大力駁辯這二點，並且極力申明自己的「純潔」。勞倫斯的辯論也是他的立場，甚至是當時一些渴望「性自由」的人的立場：

㈠「色情藝術」惹起性慾望、性衝動。可是，人爲什麼因有意識時的企圖就算犯罪，而無意識時就淸白呢?人是由其行動決定，而非純想像的。(六十四頁)

㈡「色情藝術」並不代表「性」，却是對性的侮辱，令性骯髒。在墮落的人中，深切的人性是死掉了。精神扭曲，統轄的天性崩潰，於是性成髒物，性衝動就是要髒，女人有性的表

示就是表現她的髒心。這就是一般庸俗人的條件，他們有一羣人。這是所有色情文學的來源。（六十九頁）

㊂但性和色情藝術不同，「色情藝術」永遠是地下產物，回來醜化性，「醜化人類精神的」。性是被人如此趕到「地下」去，使現代人的裸體和性醜化了。然而藝術中的性却是對人生命一種大力的有益的和必須的激發，它是自然流出來的溫暖。

㊃爲什麼呢？這是幾世紀以來「清教徒」的虛僞作風。把「性」變爲一些「骯髒小秘密」，這才有所謂色情藝術。要點是除掉這些秘密，使性變爲我們活潑潑的生命源頭。（七十七頁）

㊄可是，今天這個源頭活水是乾枯了。原故有二點。第一點：「在公衆上，在社會上，年輕人仍在那些灰髮長者影子下討生命。這些長者是屬於上世紀的，轉彎抹角撒謊的上個世紀，這些長者是上世紀的賸餘物，但他們仍在管事。」上世紀遺留下來的「純潔」觀念和「骯髒的小秘密」仍蝕害着年輕人。第二點是青年人仍被囚在一種自知的手淫上。（Self-Conscious Masturbation）男女的性是双方取與之間的奉獻，是生命的對話。因受到清教徒的虛僞的純淨要求，只好退回「骯髒小秘密」中自戀，使性不能開展，生命乾涸。（七十九頁）

㊅解決的方法是，第一點打倒這些感傷的謊話，不要這些純淨和骯髒小秘密。第二點，人在

自知的遭遇中，一定要發掘到自已的極限，覺醒出有些在他外面東西，一種生命的要求，使我走出自已的慾望，要粉碎外面世界的謊話，要建立一個新世界。（八十一頁）

（以上參考企鵝版，關於查泰萊夫人的情人及其他論文，一九六七年版）

我們了解勞倫斯，他其實是一個自然主義者，又是一個浪漫的思想家。所以他一方面提倡性，重定人生中天然的、動物的性。一方面他却要求在無性的行爲中做最純潔的事。所以，他描寫的性幾乎不是人間的。依他的話，不是人骯髒頭腦中的性，而是上帝創造出來的像花朵露水一樣自然的性。故此，他幾乎指摘所有的作家；哥德、霍桑、托爾斯泰、陀斯退也夫斯基、史特林堡等等，都是玩弄着精神上的性，因此不是淨化成爲無血肉的理想物，便是重責它爲不可避免的罪惡。他指蕭伯納的話：「穿衣服引起性，沒衣服消滅性」爲庸俗。對他來說，他崇拜性，不過因爲他是一個信仰血、肉、活生生的生命，他要建立的世界幾乎是一個直觀的，純感覺的，原始大自然的，甚至有點天眞無邪的一個世界。（也許亦是尼采以後的一個改變價值的世界），勞倫斯那種一廂情願的「回歸自然」。

（五）「性觀念」的演進和改變

勞倫斯對性的觀念，對文學的觀念，實在是一種對理性主義的反動。他的神秘自然主義思想要求：只有把人從「意志」和「頭腦」解放出來，才可以重新建立一種人和生物世界間的高度和諧。他的「性自由」觀念實在是心理意識上的，不是社會意識上的，所以他才會說蕭伯納所懂的「性」不比羅馬教皇多。因爲羅馬教皇認爲性是一種神聖的生理結合，而蕭伯納的無神論調只認爲性是可作買賣的刺激。

從這點看來，勞倫斯反而是衞道之士的淸敎徒了。那麼爲什麼他要極力提倡「性」的開放呢？一部人類的歷史，可以從對「性」的觀念的演化上來了解的，也許這樣，我們今日對「性」的意義才有更進一步透視。

韋伯倫在「有閒階級論」中曾勾劃了一下人類的社會史。最古時代，可說是「野人期」（SAVAGERY），人類全部是集體性生存，抵抗野獸，故此，不管社會上、經濟上、心理上皆是羣體性的，沒有個人，沒有統治層的優選份子，工作也無高低貴賤之分。但這種原始生活卻被「蠻人期」(BARBARISM)代替了。戰事和佔領造成了蠻人期的社會秩序，經濟制度卻有勞工和俘虜出現。到了後期高度蠻人期，已有騎士級出現，工作劃分更淸楚了，社會中高高在上的是男性的精神的個人，在下面則是一個女性的奴隸的集體。韋伯倫大概解釋了封建時代的性質。

原始時代，人類大概屬於雜交時代，只知有母，不知有父。在這種方式下，「性」只是一種生理發洩和本能，在人類社會未形成之前，性是無限制的。到了人類轉入農業時代，開始定居，人際關係複雜，事務接觸繁密，性的限制由此而始。例如在我們言語和思想上，最常見一種「侮辱」別人的方式是涉及母親，或如「野生子」、「雜種」之類罵話。這類感覺到「羞恥」的思想，恐怕野人時代是沒有的，但爲了保障一種社會倫常關係，長幼有序，夫婦有別等等，這些限制既然是社會法則，也是對性的一種制裁，極力提倡一個不雜交的社會，所以「雜種」成爲一種未開化的，不文明的，非社會內人的表示，這恐怕竟是古代社會改革家的一種宣傳話。

從那個時代開始，一直到現代，人類社會對「性」的限制一直沒有大的改變。在西方，基督教經開始的歷史，就是一個對性的限制，原罪找尋到的解脫方法，也正在重歸入社會的律法。無怪乎佛洛依德認定，精神分析實是研究原罪的科學。人類對性的認識的開始，立即發展了他的「神經錯亂症」。因此，佛洛依德的學說强調，精神分析的治療不外是要人抛棄他的過去的包袱，他的歷史的負擔。在過去的歷史上，正常成人的性模式，不是一種自然（生物）上的必需，而是文化的現象。由於歷史悠久，已分不清「性」所生成的體制，和人類社會體制的先後問題，但他們是因果交纏，互爲影響的。

因此，要討論性的問題，一定要涉及二種相關的層次，一個是文化的演進，一個是社會（經濟）的演進。文化是人類內在的認識，經濟是人類對物質的控制。下一節我們概說一下。

（六）二十世紀的新文化

人類的歷史確是太漫長了，好像人類有一個拖得過份長的童年，（人的童年最少有八至十年，完全不能自立的。）這期間，構成了兩種全相矛盾的人的慾望。一種是全然的躭溺於快樂，這是性慾的，逃離現實限制的。一種是無助的全依賴別人的，這是社會的。人類的歷史也如是，到了二十世紀，人類驀然回首，過去三千年文化，漫長得自我重複和迂迴地前進，以至文化上的進展總像在記憶這段追尋快樂，可能也是求取性解脫的患病歷史。

新一代的歷史自然要從工業革命開始，人類踏上了成長期，但由於過去的歷史負擔太重，文化上似乎它要作擺脫過去的努力，比用在建設新的還要多。所以直到現在，仍然是受工業革命後所引發的商業文明所籠罩。

從要求解除「性的束縛」的歷史來看，商業文明也幫助促進了自由的一部份，但同時却由於商業文明的本質，把它引進了新的死胡同。

歷史上，「色情藝術」的氾濫倒不是一個「性解放」的時代要求，只不過是歷史發展到一個階段，有一些貴族的騎士階級，飽暖思淫欲而已。中國自元明以來印刷術大為昌盛，一時達官貴人子弟，多以小說戲曲為消閒之用，「雪夜閉門讀禁書，大快事也」，朝廷遂用「人心風俗」為理由，下令嚴禁。例如鄧之誠「骨董瑣記」卷六：

「康熙五十年……近見坊間多賣小說淫辭，荒唐鄙俚，殊非正理，不但誘惑愚民，即縉紳士子，未免游目而蠱心焉，所關風俗者非細，應即通行嚴禁。」

但從當時的人的言論上，以及社會發展上，還未看出有自由的企圖。這和西方中世紀以來的「色情藝術」，如「十日談」，在騎士，宮廷間流行，結果被禁是一樣的。

但文明總是這樣子過來的，起伏上下，從束縛到解除，從限制到開放，從人與事到人與人聯絡，從窮困到富厚，從專制到民主，從天生到人造，……這一切滙集了我們的歷史、文明，也攢積了人類的財富，而又更新地再創造新的文明。

也許從中國的明代，西歐的十六世紀開始，不管是在中國的「游戲人間，獨立異行之士」，或是歐洲的異端外教徒，好像在他們手中，文化又是新的一代，有一個新的起飛，但這個新的起飛却是「個人」性的，思想上是一個新的人本主義，物質上導引科學和工業革命，而在文藝上是對過往思想信仰體系的懷疑，性的重新檢討。我們明白，「色情藝術」的大量出現，固然是代表了物質文明與個人生活玩樂的新水平，也蘊含一種抗議，一種時代的覺醒。

如果人類果眞長大，到了一個理性成人的階段，那麼人類應能用「理性」來考慮萬事萬物，卽使是發生在本身的「理性」。可是，用來壓制像「色情藝術」或其他種種的所謂社會規範，常與社會的發展脫節，它固然由社會過去要求而制出，却又走在社會進化的後面，漠視了社會中人群成長的理性和時代，結果像企圖以孩童的靴鞋，加之在長大後青年的足上，强迫出「跌跤」的現象。但歷史教訓却又那麼可貴，這種「跌跤」是健康的，證明了受困於上一代的文化鐐銬的孩童，因具備了新經濟條件，掙脫地學着邁步，以至於新生的青年有他的「無知」和「外界文化」

相衝突的矛盾出現。只有通過這些，才能有擺脫的後天。

二十世紀是這樣子來的。

工業革命改變的世界是遠較過去爲迅速而且有效的，不管好壞，二百年來，增進了許多人口建立了許多民族國家，而更具歷史意義的是，它用全力支持了一個中產商人階層，且幫這種小市民成員在走上歷史舞臺，幾次法國共和的革命是它最大的表演。只是，這些一手拿着新科學發明的權貴，當他們完全佔領自然和世界歷史時，事實上走得太快了，封建的貴族和騎士們原只是碉堡中享樂做白日夢的一群，在這交接過程中，中產商人僅僅接收了它們的經濟和政治寶座，在來不及清理時，只能利用貴族們在悠久歷史發展出的文學、藝術。而最要緊的還在倫理道德上；進一步說，他們利用了封建的道德。韋伯在「新教徒的倫理觀念和資本主義的精神」中便直說，「虔誠敬神和利潤」是資本商人出現和成功的條件，也是現代世界的成因。眞的，十九世紀在科學上得到重大的改革，而在倫理道德上，中產的新世界主人僅順從了當年人道主義先驅者的要求，在平等、博愛、自由、民主的原則下，作了一些相應的頭痛醫頭、脚痛醫脚的改革，大半的歷史課題，還有待下一時代的發展。而也是這樣，十九世紀以來，人們總是繁忙地倫理道德修正，以期符合時代發展中的人類要求，解脫束縛性的觀念，也許竟是資本主義後期的醒覺，爲它改革後的世界建立一套新的倫理體系而已。

（七）性觀念的改革

「性觀念」的改革要求，常跟人類歷史的革命相聯結著。明代江南某些士大夫生活的富庶與經濟的發展，有人推論已有初期資本主義的商業的傾向，則唐伯虎、仇十州這類文人、畫家是由於社會條件所造成的。西方畫壇從十六世紀開始在古典主義和風度主義間加多的裸體人像，例如Giulio的「Posizioni」，Aretino的「Ragion a menti」和Agostino Caracci的衆神的愛這些已近乎色情藝術的畫，也滿有人文主義的改革意義，以至後來葉慈不禁說道：

「要赤裸是滿多進取精神的」

最爲人非議的例子是法國的笛沙廸（Comte de Sade），在一個倡導人與自然追求和諧的啓蒙時代，他認爲人最大的勝利是能控制自己和環境，任我支配，隨心所欲。他利用了「自虐狂」這種表現方式，說明人是瘋狂的，野性的，環境不過他個人興趣的象徵，人以爲別人的痛苦才使他覺得有安全感。無疑，笛沙廸走得太快也太偏了，但他的「無理性的人」這種哲學反叛論調，在二十世紀却擁有大批的徒子徒孫，超現實主義視他爲不祧之祖，而存在主義將它重新估價，地波娃寫出研究：「我們要燒笛沙廸書嗎？」而更在一切之上，佛洛依德發展了他的人的「非理性」論點。

一這些主題自然是人，但手段都離不了「解脫性束縛」上面，可能只是「智識化了的色情藝術而已。」

到了二十世紀，物質條件和經濟改革已定成了「解脫性束縛」的要求，時間和社會上。例如在男女平等的意義上，女性不再是男人的性奴隸。即使在衣飾上，二十世紀的服裝也不再是那種藏肩藏臂，遮面遮腰的古代圓桶裙，而改以方便、舒適、表現自然體態爲主。經濟自由是平等的先決條件，也導致了在性方面免除恐懼和古義的限制。

勞倫斯的反叛在這方面顯然有極大的意義。由於英國是最早的工業革命國家，因使封建的倫理道德反而保存得最多，工業革命未能解決的社會問題，也遠較他人爲强烈，勞倫斯是一個礦區出身的作家，經歷了英國下層和後來的知識份子的上層社會生活，他的覺醒促使他深切的要求改革英國社會，而他信仰的力量是「性」，他以爲性這種純潔力量能使社會復生，他在「性、文學、和禁書」上說：

「沒有比用滿足大部人的性要求那種社會原則或大動機或理想更能悠久的了」（二一五頁）因而他在「查泰萊夫人的情人」一書中，用了一個性無能男人的象徵，來代表英國社會，在封建殘存着的道德，和科學文明的機器過多下之一種犧牲品，也是一種世界上人文的死亡象徵。

今日我們重看勞倫斯，我們覺察到他走向「性的解脫」實在是對當時社會的一種批評，他指責的對象是，英國還未擺脫封建的宗教的古代信仰系統，而工業革命所造成的機器文明，已是弊端叢生，商業主義的抬頭，尤使仍堅持精神文明的勞倫斯不能忍受，進而懷疑十九世紀人過度信仰的理性主義。勞倫斯活動的時期，正值人類對工業文明和資本主義作第一次大反省，世界發生了大戰，在思想上及文學藝術上，正是普遍的反智及懷疑理性的時期。確實，他的反叛具有時代意義，甚至他用「性的解脫」來作爲時代問題的解決方法，也合乎歷史的要求。有人以爲它是一本色情藝術的書，可是，這種「色情」也在人類文明改革聲浪之中，屬於我們的恥辱，也是我們的光榮。

但是，我們更想指出，不只是「色情文學藝術」不能解決社會問題，勞倫斯「回顧自然」這種方法也不能。「回顧自然」是一種老方法，每當對一件新生事物不能忍受時，我們便會希望脫除一切，甚至忘記所有發生過的歷史和文明，逃向大自然。我們對兒童時代的依戀是無理性的，由於那長時期的無知和童稚，在保護下生活，更由於我們精神和肉體上的疲倦和恐懼，回到自然和無約束的性也許可以減去一點人間的虛僞和過份機械的平板。但是這是不可靠的，忘記歷史的人只有白癡，而事實上，大自然不可能有足够的條件養活那麼多的人，我們也看不出純是自然生活會有什麼幸福可言。勞倫斯倡導的一種小部份人的文化部落主義，是不合歷史要求，且是反對民主和進步的。

另一方面，勞倫斯對商業文明和性束縛的指摘仍有負面的時代意義。自那時代以來，商業文明比前更庸俗更腐化的發展，在紐約、在東京、在巴黎、在里約熱內盧；這些文明盡可能的搔首弄姿，向人們推銷享樂、放逸，乃至於自囚在物質之中。我們可以從今日的「色情藝術」發展上看，在美國和日本，或者英法歐洲，色情電影和雜誌在「自由」和「解脫束縛」的名字下，加多許多新限制。以前的束縛成爲今日的享受，於是出現了不少畸形的性行爲，虐待狂的男女，被虐待狂的人，和性無能要求發洩的觀衆，這些都顯示了歐美文明已走到了盡頭，以不正常爲正常，以虐人爲樂事，這些算是文明？

資本商業世界還未建立出一套新的倫理系統，却首先把利潤二字無限提高，而踢開了清教徒的自律，在此情形之下，最淺顯易見的是大量發展男女關係。在今日的商業產品中，最多的種類莫過於非實用價値的女性化粧品了，假睫毛、染色口紅、義乳義臀、假髮假臉……爲什麼呢？不過把一些男女天性的特徵，因分工作用關係的特徵，故意的擴大而已，在商業文明的世界中，「女性美」成爲一些新定義，即是要盡力誇張，而且是施用那些商業產品的裝飾女性才稱爲美。也許沒有比人這類動物，更會那麼强調雄性和雌性的不同的動物了。這些商業產品對實際的社會進步有什麼作用呢？沒有，不過是鼓勵人迷在色情的逸樂上面而已。二百年前美國開國元勳富蘭克林在自傳中强調，利用性作爲健康和生育（如製造新種之類）的工具，被人稱爲新一代的經濟道德的典型，是一個中產階級的倫理代言人。二百年後「花花公子」創刊宣揚，「我們要愛我們的客廳、臥房和床」，被稱爲年輕人的心聲。這一切一切恐怕正是商業文明的必然結果。

商業文明已脫離了「因己所無，易彼所有」那種爲實有而求增進人類生活上的方便和幸福的目標，到了商業在大企業家，奸商巨賈，甚至像日本、美國向外面發展的侵略性的大資本商人的手中，他們甚至製造人爲的風氣，創出人們「不得不需要」的條件，甚至强迫式的製造出必需品，（例如他們會登廣告說，不搽口紅怎能出席宴會，不穿晚禮服……等等）「性的解脫束縛」不是回復到正常的人的喜悅愛樂的關係，而在强調「色情」，强調不正常的性，這些恐怕正是今日最大的障礙。

解除不必要的性束縛自然是人類的歷史要求。出版討論正常的「性」的藝術和思想，應有正當的自由，不能隨便以社會規範的加罪它，但我們也不以爲性氾濫是自由的表示，也反對目前商品無限制的流毒。

歷史的進展是迂迴的，我們要小心注意我們的方向。

性！

一、新的倫理觀

我總以爲我們正活在一個偉大的時代之中，在我們眼前，清楚地看到，許多舊的事物，舊的思想在消失，在死亡，我們也可以看到更多的每日出生的人，新見解在成長，這是我們時代的特徵。

在權衡每一個社會觀念，或一種新生事物，我們應採取什麼立場呢？我以爲應把它放入歷史過程的框架來看，而且更應放在歷史邁進的方向上來透視；這種事物是否把人帶到更高一層，把世界推到更美好的未來呢？

我用這個觀念來看「性」這個歷史觀念。

我們了解，不論中國或世界，性的問題與歷史同在。原因是人類建立社會的過程中，首先是利用地球上豐盛的植物資源，生產出「農業」。相應於由農業所造成的社會及文化，是一套它所必然矗立出，藉以保障這一種文化的安全和發展的倫理道德。在其中，「性禁忌」是一件重要的社會規範，而且在越到後期越成熟的農業文化中，這個禁忌來得更嚴厲。

可是農業文化會因過度成熟，過度發展而走向沒落，這種矛盾是天生的，隨同它的發展高峯，人類終於製造了工業，也因而建立了一個新的工業社會來取代農業。

一個新社會有它的新倫理道德，農業社會的「性禁忌」已不再有作用，必然地爲新一代所揚棄了。

二、過度的自由

在工業革命的過程中，人們同樣爲它所要求建立的倫理體系而努力。最易見到的就是在中國和西歐，幾百多年來要求解除「性禁忌」這個思想的過程。這種努力顯然是歷史成爲歷史的理由。

到了今日，性的禁忌解除可說是差不多了。可是，也許由於束縛太久，它不只是法律上的具文，而且轉入地下，威脅我們的心靈，歪拐了我們的行爲，甚至蠶蝕了我們的正常發展。

在這方面看來，西方目前「性」的自由顯然是一個末端過肥症了。確實，數千年來桎梏，普遍的思想貧血已成爲黑死病。世界上的思想界竟不能對「性自由」提出一個可行的看法。於是，市場上任由商人肆虐橫行，任意而且不擇手段的推出色情的商品，「逢君之惡」地展露而且強迫推銷，我們試看街頭巷尾的廣告、電視、電影，乃至於日常用具和化粧品等等，無一不帶有庸俗的商業主義的性代用品味道。

是的，在古代性禁忌期間，各時代藝術因反對這種並不合時代需求的規範，而走向地下，過份渲染而被認作「色情藝術」，我們非常同情。但時至今日，許多好萊塢的電影，女性的用物，或廣告的語言或含意，以至書報雜誌，是否眞正爲了性禁忌的消除而奮鬪呢？在我所見到的美國文化時裝中，他們已走到了死谷的另一面了。他們不只走向炫耀性，和性的象徵，他們進一步吹捧着性自由後的享樂成份，以至於把不正常當作正常，把虐待的、畸形的性行爲作爲標準。而且日夕在推行這種商品，這種玩樂行徑。例如在這種瘋狂的商業文明中，他們把女性裝扮成一種「粉」砌「香」堆的玩具，強調女性的「被玩弄性」，而忽視她們也是地球的一員，也有更重要的建設任務在身。

我們反對這種由美、日、法、英大企業家所創造的性文明。我們以爲人類的文明，應是從走向一個更自由更平等的世界這個觀念來看的，這個世界仍不理想，仍有許多人捱饑忍餓，仍有許多人吃人的事實，我們不能放棄我們努力生產的本份，我們不能停留在玩樂的階段。性是我們人類的本能，但不是生活的目的。在悠久的歷史中，我們很高興已克服了「性禁忌」這個難關，但我們不應只重視這個成果，停留在這裏，我們要跨過它，迎向前去。歷史有更新的任務等待我們。

後記

已是冬天。

從我這兒望出去，樹木大小不等的排列着，都已蛻落下它最莊嚴的衣裳，赤裸而又黑綠的骨幹，像一隊肅穆的軍隊，孤直地挿向沒有雲彩的天空中。生活在亞熱帶的朋友們，也許想像不出，另一種冬天的景象，例如靜坐在一個葉已全落的樹林裡，沒有風，一切動也不再動一動的沉默，我可以望到無限的天涯去，但那僅是重叠的一支復一支的矗直的黑樹幹，除此之外，一無點綴。是的，英國的冬天，常常是天空一片灰白，即使早上偶而一天露出太陽，那也只作傾斜三十度的照射，像一出現便已是黃昏了。不常有風，僅是風來時奇寒透骨，反而使人有點「知覺」。

我來了一個月吧，月中還生過小病，醫院出來，整個人反如洗過了澡，換了衣服，格外的清爽。這裏的大地並不蕭條，不過有點冷漠枯淡而已。走在叢林裏，反而更易想到人，和人的宇宙。林中偶而四不管的留下了空地，常竟滿佈着不會蒼黃的綠草：豈因地氣暖，實有歲寒心，是的，這塊產生了工業革命的土地，竟露出無數的溫暖來。

然後我把校對稿弄好，寄給朋友們，也希望它像靑草一般，在人的視野中呈現一片溫和。想像該也如此的境遇，千百年前有詩人寫出，春天還會遠嗎？也有詩人寫出：

若解鬥芳菲
雪中花滿枝

我希望那些「幸福的少數人」讀到這本小書時，會保留他那顆年輕不甘於歸順的心，也許體會到收成固然還算不上什麼，但作爲一個不甘於平庸的人的掙扎吧，我一再引用紀德的一句溫暖的話：

「如果說我們底靈魂還有什麼值得稱述的話，那末說它燃燒得比較熱烈吧。」

借這一句話，我把這本書寄給朋友們，請你們指正。

我還特別把這本書寫上香燕忠信的名字，在我的生命史中，他們的友誼將會「中心藏之，何日忘之。」有一天，人間的所有將會向世界和我們回轉，爲中國努力奮鬪仍是友誼的最大維繫。命運算什麼呢！幾年來得到不少朋友的鼓勵和支持，容我也在此一個一個的默默致謝，我記下了你們的聖名。

守榕爲我這本書盡了很大的改正校對的工作，我寫下來。林文欽先生要出版它，我也驚奇地感謝。

滄海叢刊已刊行書目（四）

書名	作者	類別
清眞詞研究	王支洪	中國文學
宋儒風範	董金裕	中國文學
紅樓夢的文學價值	羅盤	中國文學
中國文學鑑賞舉隅	黃慶萱 許家鸞	中國文學
浮士德研究	李辰冬譯	西洋文學
蘇忍尼辛選集	劉安雲譯	西洋文學
文學欣賞的靈魂	劉述先	西洋文學
音樂人生	黃友棣	音樂
音樂與我	趙琴	音樂
爐邊閒話	李抱忱	音樂
琴臺碎語	黃友棣	音樂
音樂隨筆	趙琴	音樂
樂林蓽露	黃友棣	音樂
樂谷鳴泉	黃友棣	音樂
水彩技巧與創作	劉其偉	美術
繪畫隨筆	陳景容	美術
藤竹工	張長傑	美術
都市計劃概論	王紀鯤	建築
建築設計方法	陳政雄	建築
建築基本畫	陳榮美 楊麗黛	建築
中國的建築藝術	張紹載	建築
現代工藝概論	張長傑	雕刻
藤竹工	張長傑	雕刻
戲劇藝術之發展及其原理	趙如琳	戲劇
戲劇編寫法	方寸	戲劇

滄海叢刊已刊行書目（三）

書名	作者	類別
野草詞	韋瀚章	文學
現代散文欣賞	鄭明娳	文學
藍天白雲集	梁容若	文學
寫作是藝術	張秀亞	文學
孟武自選文集	薩孟武	文學
歷史圈外	朱桂	文學
小說創作論	羅盤	文學
往日旋律	幼柏	文學
現實的探索	陳銘磻編	文學
金排附	鍾延豪	文學
放鷹	吳錦發	文學
黃巢殺人八百萬	宋澤萊	文學
燈下燈	蕭蕭	文學
陽關千唱	陳煌	文學
種籽	向陽	文學
泥土的香味	彭瑞金	文學
無緣廟	陳艷秋	文學
鄉事	林清玄	文學
韓非子析論	謝雲飛	中國文學
陶淵明評論	李辰冬	中國文學
文學新論	李辰冬	中國文學
離騷九歌九章淺釋	繆天華	中國文學
累廬聲氣集	姜超嶽	中國文學
苕華詞與人間詞話述評	王宗樂	中國文學
杜甫作品繫年	李辰冬	中國文學
元曲六大家	應裕康 王忠林	中國文學
林下生涯	姜超嶽	中國文學
詩經研讀指導	裴普賢	中國文學
莊子及其文學	黃錦鋐	中國文學

滄海叢刊已刊行書目（二）

書名	作者	類別
印度文化十八篇	糜文開	社會
清代科學	劉兆璸	社會
世界局勢與中國文化	錢穆	社會
國家論	薩孟武譯	社會
紅樓夢與中國舊家庭	薩孟武	社會
財經文存	王作榮	經濟
財經時論	楊道淮	經濟
中國歷代政治得失	錢穆	政治
先秦政治思想史	梁啓超原著 賈馥茗標點	政治
憲法論集	林紀東	法律
黃帝	錢穆	歷史
歷史與人物	吳相湘	歷史
歷史與文化論叢	錢穆	歷史
精忠岳飛傳	李安	傳記
弘一大師傳	陳慧劍	傳記
中國歷史精神	錢穆	史學
中國文字學	潘重規	語言
中國聲韻學	潘重規 陳紹棠	語言
文學與音律	謝雲飛	語言
還鄉夢的幻滅	賴景瑚	文學
葫蘆・再見	鄭明娳	文學
大地之歌	大地詩社	文學
青春	葉蟬貞	文學
比較文學的墾拓在臺灣	古添洪 陳慧樺	文學
從比較神話到文學	古添洪 陳慧樺	文學
牧場的情思	張媛媛	文學
萍踪憶語	賴景瑚	文學
讀書與生活	琦君	文學
中西文學關係研究	王潤華	文學
文開隨筆	糜文開	文學
知識之劍	陳鼎環	文學

滄海叢刊已刊行書目（一）

書名	作者	類別
中國學術思想史論叢 (一)(二)(三)(四)(五)(六)(七)(八)	錢穆	國學
兩漢經學今古文平議	錢穆	國學
湖上閒思錄	錢穆	哲學
中西兩百位哲學家	鄔昆如 黎建球	哲學
比較哲學與文化	吳森	哲學
比較哲學與文化(二)	吳森	哲學
文化哲學講錄(一)	鄔昆如	哲學
哲學淺論	張康譯	哲學
哲學十大問題	鄔昆如	哲學
老子的哲學	王邦雄	中國哲學
孔學漫談	余家菊	中國哲學
中庸誠的哲學	吳怡	中國哲學
哲學演講錄	吳怡	中國哲學
墨家的哲學方法	鍾友聯	中國哲學
韓非子哲學	王邦雄	中國哲學
墨家哲學	蔡仁厚	中國哲學
希臘哲學趣談	鄔昆如	西洋哲學
中世哲學趣談	鄔昆如	西洋哲學
近代哲學趣談	鄔昆如	西洋哲學
現代哲學趣談	鄔昆如	西洋哲學
佛學研究	周中一	佛學
佛學論著	周中一	佛學
禪話	周中一	佛學
公案禪語	吳怡	佛學
不疑不懼	王洪鈞	教育
文化與教育	錢穆	教育
教育叢談	上官業佑	教育